Wszystkie
BDSM
Aukcja
Erika Sanders

Wszystkie BDSM
Aukcja

Eryka Sanders

Wszystkie BDSM 1

Streszczenie

Składa się z następujących powieści:
Niewolnica
Muzułmańska żona
Klub BDSM

Wszystkie BDSM to powieść z silną erotyczną treścią BDSM i ponownie jest nową powieścią z **Dominacja i erotyczne poddanie**, serii powieści o wysokiej romantycznej i erotycznej treści BDSM.

(Wszystkie postacie mają ukończone 18 lat)

Uwaga do autora:

Erika Sanders jest znaną na całym świecie pisarką, która została przetłumaczona na ponad dwadzieścia języków i, z dala od swojej zwykłej prozy, podpisuje swoje najbardziej erotyczne pisma swoim panieńskim nazwiskiem.

indeks

WSZYSTKIE BDSM
AUKCJA
ERIKA SANDERS

NIEWOLNICA

Prolog:

Bycie uległą żoną ma swoje wzloty i upadki.

Najtrudniejszą częścią była dodatkowa odpowiedzialność. Kelly była silną bizneswoman. Pracowała ciężko cały dzień jako kierownik biura. W nocy lub w weekendy nadal musiała pracować. Inny rodzaj pracy. Była seksualnie uległa mężowi, zaspokajając wszystkie jego potrzeby. To była rola, którą chętnie przyjęła.

Dobrą częścią było uczucie, jakie jej to dawało. Uwielbiała sprawiać przyjemność swojemu mężowi. Uległość wobec niego dawała Kelly komfort, ponieważ wiedział, jak traktować ją właściwie iz wielkim szacunkiem. To sprawiało , że Kelly czuł się bezpiecznie będąc w niewoli. Związany jego linami. A potem były orgazmy. Cudowne orgazmy. To była najlepsza część bycia uległą żoną. Wszystkie orgazmy, jakich kiedykolwiek pragnęła.

Dało to ich małżeństwu bardzo potrzebny wstrząs, kiedy tylko było to możliwe. Po kilku latach małżeństwa każdy sposób na urozmaicenie ich życia miłosnego był zawsze dobrą rzeczą.

Kiedy rozebrała się ze swojego biurowego stroju, miała na sobie parę miękkich jedwabnych pończoch, biały stanik i majtki oraz przezroczysty peniuar.

Nie było to coś, co nosiła często. I nie wymagano od niej ubierania się tak po domu. To było coś, co wybrała na ten szczególny wieczór , który był bardzo wyjątkowy.

Richard wrócił do domu około 18:00. Pracował trochę później niż zwykle dzięki dużej fuzji, nad którą pracowała jego firma.

„Wyglądasz niesamowicie" – powiedział, widząc swoją żonę.

Kelly była w kuchni w swoim seksownym stroju, przygotowując domową kolację. W jadalni stał rząd świec , które jeszcze nie były zapalone.

„Pomyślałam, że zrobię coś wyjątkowego, ponieważ, wiesz, dzisiaj jest dla nas wyjątkowy dzień" – powiedziała.

– Myślałeś, że zapomniałem?

Uniosła brew. "Czy ty?"

„Nasza 10. rocznica".

Uśmiechnęła się: „Pamiętasz".

- Tak. I też coś ci przyniosłem. Miła mała niespodzianka.

Wyjął coś z kieszeni i uniósł to pionowo, żeby pokazać żonie. Z bliskiej odległości Kelly nie mogła stwierdzić, co to było, ale wyglądało to na kartę magnetyczną czy coś w tym rodzaju.

Kelly wyostrzyła wzrok i oparła ręce na biodrach. - Cóż, powiesz mi, co to jest, czy mam zgadywać?

Schował go z powrotem do kieszeni. „Nie mogę jeszcze podać wszystkich szczegółów. Ale wiem, że będziesz zachwycony".

— Jakieś wskazówki?

"Co chcesz?" — zapytał Ryszard. „Co chcesz, żeby ci się przydarzyło? Czy byłbyś zainteresowany inną kobietą?"

Rzuciła sceptyczne spojrzenie. – Czy to kolejna z twoich gier?

„Mówię absolutnie poważnie. Byłbyś z inną kobietą, gdybyś miał taką możliwość?"

Zatrzymała się. – To coś, czym interesuję się od jakiegoś czasu. Już to wiesz.

– W takim razie zrobimy to dziś wieczorem – powiedział. „Chcę, aby nasza 10. rocznica była niezapomniana. Mam na myśli to, że dzisiejszy wieczór będzie wyjątkowy i niepodobny do niczego, co robiliśmy wcześniej".

Zmrużyła oczy. — Mówisz poważnie, prawda?

„Załatwiłem nam bilety na bardzo wyjątkowe wydarzenie. Nigdy wcześniej tam nie byliśmy, ale słyszałem o nim wiele wspaniałych rzeczy od ludzi, którym ufam".

"Brzmi ekscytująco."

„ Oczywiście , że to ekscytujące. Wszystko, co chcesz, aby się wydarzyło, spełni się, mówiąc seksualnie. Pomyśl, co chcesz, aby się wydarzyło? Jak chcesz, żeby wyglądało twoje pierwsze lesbijskie doświadczenie?"

Kelly użyła bujnej wyobraźni. „Chciałbym, żeby wiązało się to w jakiś sposób. Może jestem związany, a ona podchodzi i mnie liże. Tak wyobrażam sobie mój pierwszy raz".

„Jak chciałbyś, żeby wyglądała? Jakieś preferencje? Możesz mieć, co chcesz".

„To nie ma znaczenia. Tak długo, jak jest słodka. Najlepiej nie lesbijką. Chciałbym mieć taki sam poziom doświadczenia jak ona, abyśmy mogli razem to zbadać. Myślę, że to byłby mój idealny scenariusz".

„Możesz wybrać kobietę, którą chcesz".

"Mogę?" zapytała.

„Ty wybierz, a ona będzie twoja. Cokolwiek odpowiada twoim potrzebom".

Obie brwi Kelly uniosły się. "O mój."

– Jak byś się czuł, gdybym ją przeleciał?

Rzuciła figlarnie ostre spojrzenie. "Szukasz pretekstu do oszukiwania?"

„Technicznie rzecz biorąc, też byś oszukiwał, ponieważ ona zjadałaby twoją cipkę i doprowadzała cię do orgazmu".

- Touche - uśmiechnęła się.

– Więc jak byś się przez to poczuł?

Kelly i Richard dawali sobie figlarne miny. Zawsze byli wobec siebie całkowicie szczerzy. A byli małżeństwem wystarczająco długo, by znać swoje myśli.

„Teraz, kiedy o tym wspomniałeś, brzmi to całkiem gorąco. Trójkąt nie jest czymś, o czym często myślę. Ale czasami przychodziło mi to do głowy, tu i tam".

„Pomyśl tylko, byłbyś związany w łóżku, inna kobieta lizała twoją cipkę, a potem bym ją pieprzył. Ładnie i ostro.

- Boże, to wszystko brzmi tak dewiacyjnie - powiedziała z lekkim zdenerwowaniem w głosie.

„Ale czy to sprawia, że jesteś mokry? To jest najważniejsze pytanie".

- Pewnie tak. Mój pierwszy lesbijski orgazm, po którym nastąpił trójkąt. To wystarczy, by każda kobieta była wilgotna.

„Więc postanowione. Robimy to".

Kelly uniósł brew. „Jeśli będziesz tak dalej gadał, sprawisz, że ociekam po całej podłodze i będę miał prawdziwy bałagan do posprzątania".

– To znaczy, że robię coś dobrze.

"Zawsze robić."

Richard uśmiechnął się: „Z okazji naszej 10. rocznicy spełnią się twoje marzenia. To będzie niesamowita noc. Chodź, załóż ładną sukienkę. w jakieś wyjątkowe miejsce. Miejsce, w którym nigdy wcześniej nie byliśmy.

- Nadal nie powiedziałeś mi, dokąd jedziemy.

– Dowiesz się, kiedy tam dotrzemy – odparł Richard. - Obiecuję, że będziesz zadowolony. A teraz ubieraj się.

„Mam idealną czarną sukienkę na dzisiejszy wieczór" – powiedziała Kelly. „Jest nowy. Nie mogę się doczekać, żeby go założyć".

„Po obiedzie nie będziesz go nosić zbyt długo".

„Kocham cię Richard. Ostatnie 10 lat mojego życia było wielką przygodą, wiesz o tym, prawda?"

- Ja też cię kocham - odpowiedział. „A przygoda dopiero się zaczyna".

Na twarzy Kelly pojawił się figlarny wyraz. Wiedziała, że może zaufać mężowi. Zawsze dokonywał dla niej właściwych wyborów. Ale jej uwagę przykuła tajemnica. Richard nigdy nie był skrytą osobą. Ale tej nocy było inaczej.

Kelly odłożyła garnki i patelnie i włożyła jedzenie z powrotem do lodówki, podczas gdy wciąż była ubrana w swój skąpy strój. Była ciekawa niespodzianki męża na 10. rocznicę ślubu. Cokolwiek to było, musiało być dobre.

Nie miała jednak pojęcia, jak dobra będzie sytuacja. To był idealny prezent na rocznicę, który miał przenieść ich życie seksualne na zupełnie nowy poziom.

Niewolnica

Erika czekała sama w pokoju.

To było coś w rodzaju biura. Coś w rodzaju biblioteki. Wokół ścian leżały książki. I było tam duże drewniane biurko. Przed biurkiem stało krzesło, na którym Erika mogła usiąść później. Na statywie, przodem do niej, stał magnetowid. W tej chwili był wyłączony .

Pokój był miejscem elegancji i wyrafinowania.

Była tam tylko dlatego, że bliska przyjaciółka poleciła tę konkretną organizację . Powiedziano jej, że wszystko było profesjonalnie prowadzone i jak dotąd tak się wydawało. Wszystko odbyło się w sposób korporacyjny.

Drzwi otworzyły się i weszła Madame. Była wysoka, zmysłowa i miała na sobie elegancką suknię. Miała w sobie potężną postawę, czego można było się spodziewać po wybitnej madame.

Erika wstała.

– Dziękuję za czekanie – powiedziała Madame.

Uścisnęli sobie ręce.

– Bez obaw. Rozumiem, że jesteś zapracowaną kobietą.

„Ciągle jestem zajęty, ale kocham to, co robię".

"Rozumiem."

„Czy znalazłeś wszystko, co ci się podobało?" zapytała Madame. „Mam nadzieję, że moi pracownicy byli dla ciebie pomocni".

– Tak, bardzo, dziękuję.

„Świetnie. A teraz, jeśli nie masz nic przeciwko, chciałabym rozpocząć nagrywanie tej sesji wywiadu" – powiedziała Madame. „Mam napięty harmonogram. Proszę, usiądź".

Erika usiadła, podczas gdy Madame włączyła magnetowid. Potem Madame usiadła za biurkiem i rozsiadła się wygodnie, podczas gdy obie kobiety patrzyły na siebie.

– Zaczniemy teraz wywiad – powiedziała Madame.

Erika nerwowo skinęła głową. "Dobra."

„Przejrzałem już twoje CV i dokumentację medyczną. Wszystko wygląda na akceptowalne. To ostatnia faza twojego przesłuchania. Lubimy to nagrywać, aby nasza organizacja mogła lepiej dostosować sprawy do twoich potrzeb".

"Rozumiem."

„Podaj swoje nazwisko do kamery" – poleciła Madame.

„Erika Sanders".

"Wiek?"

„28".

"Stan cywilny?"

"Żonaty."

"Zawód?"

– Jestem asystentką – odparła Erika. „Pomagam prawnikom przygotowywać sprawy, przeprowadzać wywiady z klientami, prowadzić badania i tego typu rzeczy".

– Jak opisałbyś swój wygląd?

Erika zamyśliła się na chwilę. „Mam włosy do ramion. Lekko falowane. Kolor kasztanowy, który jest trochę brązowawy. Średniej budowy. Powiedziano mi, że jestem atrakcyjna".

"Czy sie zgadzasz?" zapytała Madame.

„Jeśli tak myślą ludzie, to jest to ich opinia".

„Pytam o twoją opinię. Czy zgadzasz się, że jesteś atrakcyjny?"

„Myślę, że tak. Zdecydowanie nie jestem atrakcyjny jak supermodelka, ale nie przeszkadza mi mój wygląd".

„Jaka jest twoja najlepsza cecha twarzy?"

„Prawdopodobnie moje oczy. Są ciemnoniebieskie. Lubię je".

– Musiałabym się zgodzić – zauważyła Madame. „Przeszywające niebieskie oczy. Ładny nos. I ładne usta. Masz bardzo śliczną twarz".

"Dziękuję."

„A twoje ciało? Jak opisałbyś swoje ciało?"

„Moje proporcje są dość przeciętne. Utrzymuję formę, biegając w weekendy i uprawiając jogę w dni powszednie".

„Jak opisałabyś swoje piersi?"

Erika zamyśliła się na chwilę. „Są to małe garści. Twarde. Lekko odwrócone. Mają kształt gruszki. Moje otoczki są jasnoróżowe. Mam różowe sutki, które wystają".

„Czy twoje sutki są wrażliwe?"

"Bardzo."

„Czy bawisz się sutkami podczas masturbacji?"

– Czasami – przyznała Erika.

- A twoje nogi i tyłek? Jak byś je opisał?

- Dość stonowana - odparła Erika z nutą dumy w głosie. „To przez wszystkie ćwiczenia, które wykonuję w wolnym czasie".

„Teraz opowiedz mi o swoich doświadczeniach seksualnych. Czy miałaś wielu partnerów?"

– Niezupełnie – odparła Erika. „Mniej niż 7 lat w całym moim życiu. Jestem bardziej osobą związkową niż kimś, kto szuka przygód na jedną noc ".

Madame uśmiechnęła się: „A jednak jesteś tutaj, będąc żądnym przygód".

- Wiem - Erika zarumieniła się.

„Czy opisałbyś siebie jako żądnego przygód seksualnych?"

"Nie dokładnie."

— Więc co cię tu sprowadza?

- Doświadczenie - odparła Erika. „Chciałbym doświadczyć czegoś nowego, tylko dla siebie. Trudno to wyjaśnić, ale chciałbym odkrywać swoją seksualność, kiedy jestem jeszcze młody. Jestem pewien, że często to słyszysz".

– Cały czas – zgodziła się Madame. „Więc, lubisz eksperymentować z nowymi rzeczami?"

„Jasne, czasami. Kto tego nie robi?"

„Lubisz eksperymentować z analem?"

„Zrobiłem to z kilkoma moimi byłymi partnerami. Nie cały czas, ale raz na jakiś czas jest to przyjemne".

"Trójkąty?" zapytała Madame.

"NIE."

– Czy byłbyś otwarty na taką możliwość?

„Byłbym na to otwarty. Nie miałbym nic przeciwko, gdyby to było z właściwymi ludźmi. Zwłaszcza gdybym był, no wiesz, uległą grupy. Inaczej nie wiedziałbym, co robić".

– A co z niewolą?

„Mam doświadczenie z lekkim zniewoleniem. Nic ekstremalnego ani hardkorowego. Po prostu domowe rzeczy, z rzeczami wokół domu, takie rzeczy. Nic też bolesnego".

„Czy twoje doświadczenie niewoli było satysfakcjonujące?"

– Było w porządku – odparła zgodnie z prawdą Erika. „Nie jestem w tym zbyt doświadczony. Ani moi byli partnerzy. To było coś w rodzaju zabawy z zabawną małą fantazją".

„Bondage to sztuka. Niewielu ludzi jest w tym dobrych".

"Zgadzam się."

- A co ze spotkaniami lesbijek? - zapytała Madame. – Czy byłeś kiedyś z kobietą?

„Miałam kilka lesbijskich doświadczeń na studiach ze współlokatorką. Od tamtej pory nic".

- Podobało ci się? Nadal o tym myślisz?

Erika uśmiechnęła się. „Tak i tak".

„Myślisz, że jesteś dobry w jedzeniu cipek?"

„Powiedziano mi, że jestem".

„Biorąc wszystko pod uwagę, myślę, że świetnie nadawałbyś się z parami. Masz w sobie taką naturalną iskrę, jesteś ciekawy świata, masz otwarty umysł i w razie potrzeby obracasz się w obie strony".

„Nigdy wcześniej nie myślałam o byciu z parą" – odpowiedziała Erika. „Ale to brzmi wykonalnie. Myślę, że jestem na to gotowy".

Madame skinęła głową. „Jesteś bardzo atrakcyjną kobietą, Erika, ze wspaniałą osobowością. Cieszymy się, że tu jesteś".

"Dziękuję."

„Teraz prowadzi nas to do ostatnich trzech pytań. Najważniejsze pytania. Po pierwsze, jak bardzo jesteś uległa ? Opowiedz mi o swojej uległej stronie".

Erika zebrała myśli. „Odkąd stałem się osobą seksualną, wiedziałem, że jestem uległy. Może nie od razu to zrozumiałem, ale wiedziałem, co lubię. Lubię być kontrolowany i„ brany "w sypialni".

"Dlaczego?"

„Jest wolność w puszczaniu. Kiedy ktoś mówi mi, co mam robić, lub jeśli jestem związany, cała kontrola zostaje utracona. Dla mnie jest w tym wolność. Wszystko jest poza moją kontrolą. Czuję się bezpiecznie i ciepło. I uwielbiam uczucie bycia w centrum uwagi seksualnej. Moje ciało jest czczone i używane przez mojego partnera".

W powietrzu unosiło się seksualne napięcie. To były surowe emocje. Erika puszczała się podczas nagranego wywiadu. A Madame cieszyła się każdą sekundą oglądania wrażliwej strony Eriki.

— A teraz drugie pytanie — powiedziała Madame. „Czy jesteś gotowy, aby zostać niewolnikiem?"

"Ja jestem."

"Dlaczego?"

„Dobrze przyjmuję polecenia. Lubię, jak mi się mówi, co i jak mam robić. Nawet w mojej pracy bardzo punktualnie wykonuję wszystkie polecenia mojego szefa. Radzę sobie z lekkim bólem, o ile nie jest zbyt bolesny , spodoba mi się. To wszystko jest częścią bycia dobrym uległym, prawda?

– Masz rację – zgodziła się Madame. „Teraz trzecie i ostatnie pytanie. Dlaczego chcesz zostać wystawiony na aukcję na jedną noc?"

„To ostateczna fantazja uległości. Wiesz, wyglądać jak najlepiej, być podziwianym, a potem zostać kupionym przez zupełnie nieznajomego.

Uwielbiam pomysł bycia wykorzystywanym seksualnie przez kogoś, kogo nigdy nie spotkałem. To bardzo tabu".

– Myślisz, że wytrzymasz presję?

– Myślę, że tak – odparła Erika.

"Skąd wiesz?"

„Ponieważ myślę, że się tym podniecę. Trudno to wyjaśnić. Ale wiem, że będzie mi się to podobało. Na pewno będę się denerwować, ale poradzę sobie".

Madame uśmiechnęła się i łaskawie wstała. Podniosła magnetowid ze statywu i trzymała go w dłoni. Potem podeszła do Eriki i stanęła przed nią.

„Skończyliśmy z pytaniami" – powiedziała Madame, kierując kamerę na Erikę. „Ostatnią częścią procesu jest sprawdzenie, czy rzeczywiście potrafisz działać pod presją".

"Dobra."

Wciąż kierując aparat w dół, Madame podniosła dolną część sukni i odsłoniła nagą pochwę.

„Teraz występuj przed kamerą" – powiedziała Madame. "Zaimponuj mi."

bez wahania pochyliła się do przodu i przycisnęła usta do nagiej skóry Madame.

***

Szkolenie było bardzo nieformalne.

Kiedy Erika miała więcej czasu wolnego od pracy, odwiedzała Madame w tym samym miejscu, w którym przeprowadzała wywiad.

Tam została wyszkolona w sztuce bycia posłuszną niewolnicą.

– Musisz się jeszcze wiele nauczyć – powiedziała Madame. „Na szczęście jesteś naturalnie utalentowaną uległą. Trenowanie cię będzie łatwe."

I Madame miała rację.

Erika była naturalna. Była szkolona w sztuce dobrego uległego zachowania i właściwych manier. Nauczono ją zawiłości uprawiania seksu oralnego. I nauczono ją, jak się relaksować, kiedy jest związana.

Kiedy Erika prowadziła swoje normalne życie, aukcja zawsze była w jej głowie. Kiedy pracowała jako asystentka prawna, spędzała czas z mężem, matką i siostrami lub chodziła do kawiarni z przyjaciółmi, nie mogła przestać myśleć o decyzji, którą podjęła .

Jakaś część niej czuła, że zwariowała robiąc coś takiego. Inna jej część wiedziała, że właśnie tego chciała. W końcu Madame prowadziła wysoce profesjonalną operację i wszystko było bezpieczne.

Wiedziała jednak, że jeśli tego nie zrobi, zawsze będzie tego żałować.

Erika była w kwiecie wieku. Była dorosłą kobietą. I zdecydowała się podjąć decyzję , która miała wpływ na nią na zawsze.

Aukcja

To była noc wielkiej aukcji.

Siedziała w małym prywatnym pokoju, podczas gdy wizażystka poprawiała jej wygląd. To był krótki proces, a kiedy się skończył, Erika otworzyła oczy i zobaczyła, że jest przygotowana jak hollywoodzka aktorka gotowa na wielką premierę. Doskonały pod każdym względem. Jej włosy też były ładnie ułożone.

Wizażystka wyszła z pokoju, a Erika stanęła przed małą szafą, zastanawiając się, w co się ubrać.

Po krótkim namyśle zdecydowała się na prześwitującą parę czarnego stanika i majtek. Miała na sobie skąpy strój i przyjrzała się sobie w lustrze. Następnie na jej stopach pojawiły się wysokie obcasy i jeszcze raz przyjrzała się sobie.

Erika ledwo mogła rozpoznać swoje odbicie.

Zniknął wykształcony asystent prawny. Zniknęła dziewczyna z sąsiedztwa. Odeszła właściwa młoda kobieta.

tam Erika, niewolnica, z efektownym makijażem, dobrze uczesanymi włosami i stanikiem, który był na tyle cienki, że odsłaniał kolor jej sutków.

Patrząc na swoje odbicie, zastanawiała się, kto będzie jej nabywcą. Czy byłby to mężczyzna? Może kobieta? Czy ta osoba byłaby łagodna czy szorstka?

Boże, miała nadzieję, że ta osoba będzie delikatna. Erika była kobietą, która lubiła, aby jej uległość była traktowana z miłością i troską. Była serdeczną uległą. To był rodzaj, który lubiła. Chciała przemyślanej dominanty. Tak czy inaczej, była gotowa zaakceptować wynik. Była dorosłą kobietą, która zdecydowała się tam być.

W końcu to była jej wielka fantazja.

Rozległo się pukanie do drzwi.

– Wejdź – powiedziała Erika.

Drzwi otworzyły się i weszła Madame, ubrana w piękną długą czerwoną suknię. Jej makijaż też był ładnie wykonany. Oczy Madame spoglądały w górę iw dół na uległą, zadowolona z tego, co zobaczyła.

- Cudowna jak zawsze - pochwaliła Madame, zamykając drzwi.

"Dziękuję."

Madame trzymała czarną obrożę i Erika od razu wiedziała, do czego służy. Ale Madame nie mówiła o kołnierzyku, przynajmniej na razie.

"Jak się czujesz?" zapytała Madame. – W ogóle zdenerwowany?

– Trochę. Częściowo podekscytowany.

„Mogę cię zapewnić, że to bardzo normalne uczucie dla kobiety w twoim położeniu. Jest całkowicie zdrowe".

- Cóż, miło mi to słyszeć.

– Poradzisz sobie – zapewniła go Madame. „Psychicznie jesteś we właściwym miejscu. A mamy tak wielu wspaniałych ludzi, którzy chcą dziś kupić niewolnika. Będziesz w dobrych rękach".

Erika uśmiechnęła się. „Bardzo się cieszę, że to słyszę".

„Jaka jest twoja największa nadzieja na tę noc?"

„Aby anonimowy nieznajomy popchnął mnie do granic możliwości. Chciałbym zbadać. To znaczy, to jest cel tego wszystkiego, prawda?"

Madame skinęła głową i lekko się uśmiechnęła. " Tak jest . I mogę ci obiecać, że twoje pragnienie bycia popchniętym zostanie zaspokojone. Widzisz, klienci, którzy przychodzą tutaj, aby kupić niewolników, są bardzo doświadczeni. Oni dokładnie wiedzą, co robią. Więc twoja uległa strona będzie zadowolony, gdy noc się kończy".

- Denerwujesz mnie jeszcze bardziej, ale w pozytywny sposób.

– Nie denerwuj się – odparła uprzejmie Madame. - A teraz powiedz mi, czego się najbardziej boisz?

– Że ktokolwiek mnie kupi, będzie niemiły. Wiesz , tego typu rzeczy. Nie lubię bólu, w każdym razie nie tego złego.

Madame uśmiechnęła się: „Mogę cię zapewnić, że tak się nie stanie. Wszyscy nasi członkowie i klienci zajmą się tobą z najwyższą starannością".

– Tak słyszałem. I to jest jeden z powodów, dla których zdecydowałem się zostać tutaj niewolnikiem.

- Skoro o tym mowa, to już prawie czas. Możesz zaczekać tutaj, jeśli chcesz, albo za sceną. Moi asystenci poprowadzą cię na scenę, kiedy nadejdzie twoja kolej.

Erika wzięła głęboki oddech. „Motyle w brzuchu. Mój Boże. Denerwuję się. Ale jestem gotowy".

Madame potarła ramiona wyszkolonego niewolnika. Czyniono to po macierzyńsku i pieszczotliwie.

„Jesteś silną kobietą. Możesz to zrobić".

„Wiem, że mogę. Jestem naprawdę bardzo podekscytowany".

- Doskonale - uśmiechnęła się Madame. — A teraz ostatnia rzecz.

Madame podniosła palcem czarną obrożę i kręciła nią figlarnie. Erika dokładnie wiedziała, co robić, i uniosła włosy tak, że odsłoniła szyję.

Madame owinęła kołnierz wokół szyi Eriki, podczas gdy oni patrzyli w lustro. Była to obroża ze srebrnymi literami SLAVE na przedniej części szyi.

Erika nadal podtrzymywała włosy, patrząc na swoje odbicie w lustrze, podczas gdy Madame przyczepiała smycz z tyłu obroży.

I wszystko było kompletne. Erika była w pełnym niewolniczym stroju, gotowa na licytację temu, kto zaoferuje najwyższą cenę.

- Wyglądasz olśniewająco - szepnęła jej do ucha Madame. „Jest mi trochę smutno, że nie będę mógł patrzeć, jak się dzisiaj pieprzysz. Ale wiem, że będzie to dla ciebie niesamowite przeżycie. Aukcja wkrótce się rozpocznie".

Madame pocałowała niewolnika w policzek i wyszła z pokoju.

***

Większość ludzi ma wyobrażenie o tym, jak wygląda aukcja. Kiedy ludzie myślą o aukcjach, myślą o facecie mówiącym szybko na scenie, a uczestnicy podnoszą ręce, aby licytować dowolny przedmiot na sprzedaż.

To było podobne. Ale też bardzo różne.

Erika stała za kulisami w swoim maleńkim prześwitującym ubranku i czarnym kołnierzyku i słuchała, jak Madame prowadziła aukcję.

Każdy niewolnik był sprzedawany z troską i traktowany tak, jakby był cenną własnością, jakby był największym skarbem na świecie. Słuchanie prowadzonej aukcji sprawiało, że jej serce waliło, a cipka była mokra.

Wreszcie nadeszła jej kolej.

„Panie i panowie" – powiedziała Madame do publiczności. „Następnie mamy wyjątkową niespodziankę. Jest nowa w doświadczeniu niewolnictwa. Ale jest też bardzo przygotowana. Powitaj, proszę, piękną Erikę".

Niewielka publiczność dała lekki aplauz, ponieważ Erika wciąż była za kulisami. Dwie skąpo ubrane kobiety podeszły do Eryki i chwyciły ją za smycz. Kobiety nie odezwały się ani słowem.

Erika została wyprowadzona na środek sceny. Kiedy Erika stała na środku sceny w świetle reflektorów, kobiety stały obok niej wraz z Madame, która mówiła do mikrofonu.

Chociaż starała się jak mogła zachować należyty damski spokój, jej serce waliło jak szalone. To był ciemny pokój. Ale słabo widziała tłum. Musiało tam być co najmniej 50 osób. Widziała, że wszyscy byli ekstrawagancko ubrani.

Mężczyźni nosili ładne garnitury. Nieliczne kobiety w pokoju nosiły fantazyjne suknie. To był romans z klasą i wszyscy byli tam dla seksu.

- To jest piękna Erika - powiedziała Madame. „Na co dzień jest kobietą kariery zawodowej, pracuje jako asystentka prawna. Jednak jej fantazją jest bycie traktowaną jak dobra niewolnica, do której się urodziła. Jest uległa pod każdym względem. I uwierz mi, sam to odkryłem".

Madame pstryknęła palcami, a kobiety na scenie zdjęły stanik Eriki, pozostawiając jej odsłonięte piersi. Następnie kobiety ściągnęły majtki Eriki.

O Boże, Erika poczuła, jak jej cipka drga. Była jedyną nagą osobą w pokoju pełnym dobrze ubranych ludzi. Wszystkie oczy były skierowane na nią. Jasny reflektor skupił się na jej nagim ciele.

Madame kontynuowała. „Jak widać, fizycznie jest doskonała. Jako 28-letnia praktykująca jogę jest w kwiecie wieku. Piersi w kształcie dojrzałej gruszki. Wystające różowe sutki, które są wrażliwe i stworzone do ssania. stworzona do chwytania, kiedy jest brana. Elastyczne ciało, stworzone do wyginania się w dowolny kształt podczas zachwycenia. Usta stworzone do ssania. Tyłek stworzony do seksu analnego. I cipka, która została stworzona do przetrwania.

Oczy w pokoju wpatrywały się w nagie ciało Eriki.

Madame kontynuowała: „Niewolnica, którą widzisz, jest bardzo biegła w sztuce seksu oralnego. Szczególnie w sztuce zaspokajania kobiet. Mogę ci to powiedzieć z własnego doświadczenia. Jest również zorientowana w zaspokajaniu męskich potrzeb. idealne dla par małżeńskich."

Erika stała nieruchomo, a jej oczy rozglądały się po pokoju. Mimo że w pokoju było ciemno, wciąż widziała niewyraźne miny ludzi w pokoju, widząc ich śliniących się na myśl o dostaniu się w jej ręce.

Madame kontynuowała: „Chociaż lubi lekkie zniewolenie, jest delikatnym kotkiem i musi być traktowana z najwyższą życzliwością i szacunkiem. W końcu jest bardzo wyjątkową dziewczynką".

W głębi duszy było to wszystko, na co liczyła Erika. To było o wiele bardziej przerażające, niż się spodziewała, ale poczuła dziwny ekshibicjonistyczny dreszczyk, którego szukała tamtej nocy.

„Cena wywoławcza za tego niewolnika wynosi 5000 dolarów" – powiedziała Madame.

Nagle światła w pokoju trochę się rozjaśniły i nie było już tak ciemno. Erika miała lepszy widok na publiczność, co tylko ją bardziej denerwowało. Mogła zobaczyć twarze ludzi w pokoju. To było o wiele bardziej przerażające. I to było o wiele bardziej podniecające.

Kiedy napływały oferty, Erika prawie nic nie słyszała. Jej umysł wirował. To był ogromny pośpiech. Ledwo słyszała, ale widziała, jak ręce podnoszą się, jakby w zwolnionym tempie, gdy ludzie w pokoju składali oferty na ciało i usługi seksualne Eriki.

Erika została wyrwana z transu, gdy usłyszała następujące słowa.

„Sprzedane! Gościowi numer 38 za 15 000 $".

To był moment, w którym Erika wróciła do rzeczywistości.

***

Po zakończeniu licytacji niewolnicy ustawili się posłusznie w uporządkowanym szeregu, ubrani w swoje skąpe stroje, stojąc za sceną. Wszystkie były założone i gotowe do wysłania do nowych właścicieli.

Erika rozkoszowała się uczuciem bycia sprzedanym. Chciała poznać swojego nowego pana. To było ekscytujące. Miała nadzieję, że będzie miłym facetem. Z całego serca życzyła sobie, aby było to niezapomniane przeżycie. Zastanawiała się, jakie fetysze ma jej nowy właściciel. Może po prostu chciał się pieprzyć? Nic w tym złego.

To wszystko było częścią doświadczenia bycia sprzedanym. Ciekawość kręciła jej się w głowie, a jej cipka była mokra.

Madame przyszła i osobiście pogratulowała wszystkim niewolnikom. Potem zapewniła ich, że noc dopiero się zaczyna.

Wręczyła każdemu niewolnikowi kawałek papieru, po czym eskortowały ich skąpo odziane kobiety.

Następnie przyszła kolej na Erikę.

„Jesteś dziś bardzo szczęśliwym kotkiem" – powiedziała Madame.

Podała Erice małą kartkę, na której widniał numer 930. Był to numer pokoju, w którym przebywał jej właściciel.

"Dziękuję."

„Twój nowy właściciel ma dla ciebie coś specjalnego" – powiedziała Madame. "Jesteś gotowy?"

"Ja jestem."

„To jest to, co chciałbym usłyszeć. Poradzisz sobie. Zaufaj swojemu instynktowi i ciesz się swoim pierwszym niewolniczym doświadczeniem. Uległość w tobie dostanie przyjemność, na którą słusznie zasługuje. Dobrze?"

Po tych słowach Madame pochyliła się do przodu i złożyła Eryce delikatny pocałunek w usta. Kiedy pocałunek się skończył, spojrzeli sobie w oczy, a Erika została odprowadzona na smyczy przyczepionej do jej obroży.

Noc

Dwie skąpo ubrane kobiety zaprowadziły Erikę do windy, a potem do pokoju. Żaden z nich nie odezwał się ani słowem. Kobiety nie mówiły. A Erika była zbyt zdenerwowana, żeby cokolwiek powiedzieć.

Erika wciąż miała na sobie tylko prześwitujący top i małe majteczki. I była prowadzona na smyczy na obroży.

Kiedy dotarli do pokoju, kobieta zapukała do drzwi, po czym je otworzyła.

Erika została wprowadzona do pokoju, gdzie stała przy wejściu w idealnej kobiecej postawie, tak jak powinna stać dobra niewolnica, i obie kobiety wyszły, zamykając drzwi.

Została sama ze swoim nabywcą.

Sam pokój wyglądał jak luksusowy pokój hotelowy. Był schludny, bardzo czysty i miał w sobie coś stylowego. Tylko niektóre światła były włączone. Pokój był mieszanką światła i ciemności.

Na krześle siedział mężczyzna. Ubrany był w ostry garnitur, a jego twarz była częściowo pokryta ciemnością. W słabym świetle Erika domyśliła się, że mężczyzna musiał mieć około 30 lub 40 lat. Wydawało się, że na jego twarzy nie było żadnych wyrazów.

Na stole leżała piękna czarna sukienka.

Na łóżku leżała naga kobieta. Jej nadgarstki były przywiązane do słupków łóżka. Jej kostki były przywiązane do dolnych słupków łóżka i znajdowała się w rozłożonej pozycji orła . Jej oczy zasłaniała opaska. I czerwony knebel w ustach.

Erika poczuła, jak jej adrenalina wraca na ten surrealistyczny widok. Poznała po widoku rzeczy, że jest w rękach profesjonalisty. Nie jakiś amator. Nie ktoś, kto eksperymentuje. Ale prawdziwy profesjonalista.

– Rozbierz się – powiedział od niechcenia mężczyzna. - Twoje szpilki też. Ale zostaw obrożę. Lubię chodzić na smyczy.

"Tak jest."

Erika posłuchała. Zdjęła top, odsłaniając piersi w kształcie gruszki. Zdjęła pośladki, pokazując swoje stonowane atletyczne nogi wraz z gładko ogolonym krokiem. I zdjęła szpilki.

W ciągu tych krótkich chwil Erika stała całkowicie naga przed swoim nowym właścicielem. Była całkowicie naga, z wyjątkiem obroży NIEWOLNIKA na jej szyi, ze smyczą wciąż zwisającą.

Nie była już zdenerwowana. Po staniu nago na scenie w pokoju pełnym ludzi, w tym momencie mogła znieść wszystko.

– Nazywam się Richard – powiedział mężczyzna. „Naga kobieta, którą widzisz na łóżku, to Kelly".

- Cześć Richard - odpowiedziała, starając się brzmieć serdecznie. „Jestem Erika".

- Witaj, Eriko. Musisz być zaskoczona.

"Dlaczego?"

– Że cię kupiłem, podczas gdy moja żona jest przywiązana nago do łóżka.

Więc związana naga kobieta w łóżku była żoną Richarda. Erika była autentycznie zaskoczona, ale w pozytywny sposób. Tego wieczoru miała otwarty umysł i była gotowa na wszystko.

„To z pewnością nieortodoksyjne" — odpowiedziała Erika. „Ale wszyscy mamy swoje fantazje w życiu. A ja nie jestem kimś, kto by osądzał".

– Nie, kiedy masz smycz na szyi.

"Tak."

– Wybrałem cię z kilku powodów – powiedział Richard. „Po pierwsze, jesteś bardzo piękna. Po drugie, jesteś w tym nowy. Po trzecie, podobasz się mojej żonie. Po czwarte, najwyraźniej jesteś bardzo dobry w zadowalaniu innych kobiet".

Erika skinęła głową. „Powiedziano mi, że mam taki talent".

„Dobrze, bo moja żona nigdy wcześniej nie miała przyjemności z kobiecej satysfakcji. Mimo to jest zainteresowana".

Erika spojrzała na nagą kobietę, która była związana, z zawiązanymi oczami i zakneblowana.

- Jestem pewien, że jest uroczą osobą.

– I bardzo uległy – dodał Richard. "Widzisz, jak wspomniałeś wcześniej, moja żona i ja mamy bardzo nieortodoksyjne małżeństwo. Jestem jej mężem. Jestem także jej domem. Ona jest moją żoną. I jest także moją uległą. Bardzo się kochamy I dbamy o swoje potrzeby".

— Rozumiem, proszę pana.

– Proszę, mów mi Richard.

– Dobrze, Richardzie.

Kontynuował: „Dzisiaj jest bardzo wyjątkowy dzień. To nasza 10. rocznica. Po prostu nie wystarczy związać ją w domu i doprowadzić do spermy. Nie. Dzień taki jak dzisiejszy musi być wyjątkowy. Dlatego przywiozłem ją tutaj I dlatego kupiłem cię jako mojego niewolnika na noc.

Fantazja ożyła. Erika poczuła, jak jej nerwy znikają, a jej cipka staje się bardziej wilgotna. Boże, była na to gotowa.

„Chętnie pomogę w każdy możliwy sposób".

– Czy kiedykolwiek zabawiałeś parę małżeńską?

"NIE."

"Trójkąt?"

Erika potrząsnęła głową. "NIE."

– Nie jesteś zbyt doświadczony, prawda?

„Nie, przepraszam. Wyjaśniłem Madame, że jestem nowy na tym świecie. Więc wybacz mi, jeśli nie jestem na równi. Ale obiecuję, że dam z siebie wszystko".

– Nie przepraszaj – odpowiedział. „Ja też nigdy wcześniej nie miałem trójkąta. I nigdy wcześniej nie przedstawiłem Kelly innego partnera. Dlatego idealnie się do tego nadajesz. Możemy to razem zbadać".

Erika skinęła głową. "Chciałbym, aby."

„Zgadzasz się? Czy chciałbyś spróbować cipki mojej żony, podczas gdy ja bzykam cię od tyłu?"

"Tak."

— Chcesz zacząć?

Erika skinęła głową. "Tak."

„W takim razie, niewolniku, cipka mojej żony jest szeroko otwarta. Jestem pewien, że jest już mokra. Dlaczego nie pójdziesz dalej i nie spróbujesz?"

"Dziękuję."

Erika podeszła do związanej i bezradnej kobiety na łóżku. Im bliżej była, tym wyraźniej widziała nagie części ciała kobiety. W częściowo oświetlonym pokoju Erika zobaczyła brązowe sutki kobiety i starannie ogoloną okolicę pochwy.

To był surrealistyczny moment, a Erika miała uprawiać seks oralny z kobietą, której nigdy wcześniej nie spotkała. Kobieta, która była związana iz zasłoniętymi oczami. Kobieta, która nie mogła nawet mówić, bo miała knebel w ustach.

I nie była to byle jaka kobieta. To była Kelly, żona właściciela.

Erika ułożyła się na łóżku między nogami Kelly. Zastanawiała się, co musiała myśleć Kelly, czy sprawiało jej to przyjemność, czy nie. Zastanawiała się, czy to naprawdę była fantazja Kelly.

Odpowiedź na pytanie została udzielona, gdy Erika pochyliła się i przyjrzała bliżej rozłożonej cipce orła . Wewnątrz cipki była mokra. Płyny błyszczały. Ustalenie, że Kelly była bardzo podniecona, nie było nauką kosmiczną . Nie było co do tego wątpliwości.

Erika potarła uda Kelly, zbliżając się do środka. Potem pochyliła się do przodu i pocałowała cipkę. To sprawiło, że Kelly zadrżał. Po kolejnym lizaniu nogi Kelly zdawały się drgać. Erika lizała w górę iw dół jak dobry niewolnik.

– Powiedz mojej żonie, jak smakuje – powiedział Richard.

"Ona smakuje niesamowicie."

„Powiedz to mojej żonie".

Erika spojrzała w górę na zasłoniętą i zakneblowaną kobietę. „Smakujesz niesamowicie Kelly, naprawdę. Uwielbiam twój gust. Uwielbiam go. Uwielbiam smak twojej cipki na moim języku".

Z Kelly dobiegło skomlenie, ale zostało ono stłumione przez knebel w jej ustach.

– Dobrze powiedziane – pochwalił Richard. „Teraz kontynuuj lizanie. Doprowadź ją do orgazmu".

Erika kontynuowała swoją pracę i skupiła swoją ustną uwagę na mokrej cipce. Przez cały czas związana żona nadal jęczała z kneblem w ustach i wiła się w łóżku.

Kiedy język Eriki był zakopany głęboko w cipce, umiejętnie liżąc w górę iw dół, zastanawiała się nad kobietą, której sprawiała przyjemność. Zastanawiała się, jak wyglądała Kelly w jej zwykłym życiu, jak zarabiała na życie, jakie miała hobby, jakie potrawy lubiła jeść, jakie programy telewizyjne lubiła oglądać.

Ciekawość tylko sprawiła, że lada seksualna była o wiele gorętsza. Być może Erika pozna wszystkie odpowiedzi, kiedy pewnego dnia będą mogli porozmawiać i zostać przyjaciółmi. A może nigdy by ze sobą nie porozmawiali, nigdy. Kto wie?

Ale jedyną rzeczą, która się wtedy liczyła, było zadowolenie cipki Kelly. To była jedyna praca Eriki - jak dotąd.

W pracy Erika zawsze dobrze wykonywała polecenia i zawsze je wykonywała. Teraz jej szefem był Richard i kazano jej doprowadzić jego żonę do orgazmu.

Jej język kontynuował głaskanie w górę iw dół. Jej usta pozostały przyciśnięte do cipki. I co jakiś czas ładnie ssała cipkę i siorbała naturalne soki.

Każda akcja dawała Kelly równą reakcję, gdy leżała związana na łóżku. Żona pociągnęła za liny, które krępowały jej nadgarstki. I pociągnęła za liny, które krępowały jej kostki. Jej jęki były tłumione przez czerwony knebel w jej ustach.

Erika pracowała ciężej, gdy wiedziała, że jej technika oralna działa i osiąga zamierzony efekt.

— Jej palce u nóg się trzęsą — powiedział Richard. „To oznacza, że jest bliska osiągnięcia orgazmu".

Wtedy Erika pracowała jeszcze ciężej. Lizała mocniej i szybciej. Zacisnęła usta mocniej i ssała z coraz większą intensywnością.

Kelly wiła się mocno i szarpała za liny, które ją trzymały. Jęknęła mocno, ale została ona stłumiona przez knebel.

— Połknij — powiedział Richard do niewolnika. „Moja żona to squirter. Muszę cię ostrzec. I chcę, żebyś to połknął, jeśli to w porządku".

„Mmm hmm" potwierdza niewolnik.

Rzeczywiście, nadszedł orgazm i to w spektakularny sposób. Erika kontynuowała ssanie i lizanie, a Kelly miała potężny orgazm.

Pęd płynów trysnął z cipki Kelly i do ust Eriki. Przyszedł w kilku zrywach, a usta Eriki były nieustępliwe w przełykaniu. Ciało Kelly szarpało się i wiło, podczas gdy Erika kontynuowała swoją ustną magię swoimi świetnie wyszkolonymi ustami.

Kiedy to się skończyło, płyny przestały wypływać, a ciało Kelly pozostało nieruchome, podczas gdy ona oddychała ciężko przez nos.

Erika siedziała prosto z sokami z cipki na ustach, jak świeża warstwa mokrego makijażu.

- Brawo - powiedział od niechcenia Richard. "Wykonałeś świetną robotę."

„Dziękuję panu ".

„ Więc powiedz mi, jak smakuje moja żona?"

„Pyszne, proszę pana".

„Eriko, moja niewolnica, teraz cię zerżnę. I zerżnę cię w dupę".

Przełknęła ślinę. "Tak mistrzu."

„Nie zrobimy tego w normalnej pozycji. Rozumiesz? To będzie coś innego. Coś, czego nigdy wcześniej nie robiłeś".

„Mój umysł i ciało są dla ciebie otwarte".

Richard skinął głową z zadowoleniem. – Stań na czworakach. Ustaw się nad moją żoną. Będziesz jej patrzył w oczy.

Znowu przełknęła ślinę. "Tak mistrzu."

Erika stanęła na czworakach i ułożyła się nad nagą kobietą, której właśnie dała intensywny lesbijski orgazm. Nie byle jaka kobieta. Ale żona jej nowego właściciela na tę noc.

Kiedy zajmowała pozycję, znajdowała się zaledwie kilka cali od twarzy Kelly. Nawet z opaską na oczach i kneblem Erika mogła stwierdzić, że Kelly ma bardzo ładne rysy twarzy i zastanawiała się, jak Kelly wygląda bez niewoli.

Przyjmując tę pozycję, usłyszała, jak Richard wstaje i rozpina ubranie. Nie spojrzała na niego. Po prostu pozostała w pozycji, na czworakach, bezpośrednio nad związaną żoną.

„Moja żona jest niesamowitą kobietą" — powiedział Richard do niewolnika.

Właśnie wtedy Erika usłyszała dźwięk otwieranej zakrętki od butelki. Od razu wiedziała, że to smarowanie. Jej podejrzenia potwierdziły się, gdy poczuła palec Richarda, pokryty lubrykantem, naciskający na jej odbyt.

Nawilżony palec został wepchnięty w tyłek Eriki.

Kontynuował: „Kelly jest moją uległą żoną od 10 lat. Lojalna i cenna pod każdym względem. Dzisiejsza noc jest dla nas czymś nowym".

Palec poruszał się do wewnątrz i na zewnątrz, dotykając ścianek odbytu Eriki.

Kontynuował: „To po części jej fantazja. Chciała być związana w łóżku, podczas gdy kobieta zjadała jej cipkę. Chociaż w tej chwili nie może mówić ani widzieć , mogę powiedzieć, że bardzo jej się to podobało. Jej reakcje ciała są łatwe do odczytania. Sposób, w jaki jej palce u stóp się zwijały , a nogi drżały, oznacza, że miała intensywny orgazm. Płyny z jej cipki tylko to potwierdziły.

Palec Richarda się cofnął. Potem przycisnął czubek swojej erekcji do maleńkiego odbytu Eriki.

On dodał. – Chcesz ją zobaczyć? Chcesz ją pocałować?

– Tak, proszę pana – skinęła głową Erika. "Ja bym."

"Dlaczego?"

„Przeżyliśmy razem wyjątkowe przeżycie. I myślę, że jest ładna".

– Jest cudowna – powiedział Richard. - Śmiało, przekonaj się sam. Zdejmij opaskę. Usuń knebel z jej ust.

Erika zobowiązała się. Ostrożnie zdjęła opaskę z oczu i nagle obie kobiety nawiązały kontakt wzrokowy. Erika spojrzała żonie w oczy. A Kelly zobaczył kobietę, która właśnie zjadła jej cipkę i dała jej lesbijski orgazm.

Potem Erika zdjęła knebel z czerwonej kuli i nagle usta Kelly zostały uwolnione, z trudem łapiąc powietrze.

Erika była szczęśliwa, że w końcu zobaczyła twarz pięknej żony. I zastanawiała się, jak brzmiał głos Kelly i czy rzeczywiście zamierzają coś do siebie powiedzieć.

Ale to się nie stało, jeszcze nie.

Richard wepchnął swojego kutasa w tyłek Eriki, a niewolnik wydał z siebie cichy pisk. Kutas wszedł głębiej, a oczy Eriki rozszerzyły się , a usta otworzyły, podczas gdy ona wciąż patrzyła Kelly w oczy.

— Czy podoba ci się moja żona? Zapytał Richard, z kutasem zatopionym głęboko w tyłku niewolnika.

- Tak... proszę pana. Bardzo.

Odsunął się, a potem pchnął, przez co Erika westchnęła.

– Chcesz ją pocałować? on zapytał.

"...och... tak proszę pana."

- Więc zrób to. Ona nigdy wcześniej nawet nie całowała dziewczyny. Będziesz jej pierwszy.

Erika schyliła się i pocałowała powściągliwą żonę, podczas gdy kutas zaczął posuwać jej dupę. To był oficjalnie pierwszy trójkąt Eriki. W tym momencie poczuła, że jej tyłek jest stymulowany przez twardego kutasa Richarda, a jej usta są stymulowane przez miękkość ust Kelly.

Pieprzenie trwało, a Erika poczuła, że jej dupek przyzwyczaja się do tego, że kutas ją posuwa. Przez wszystkie lata jej analnego doświadczenia nigdy wcześniej nie było to tak brutalne. Była przyzwyczajona do delikatnego seksu analnego. Ale dzisiejsza noc nie była nocą na delikatny seks. Tej nocy była niewolnicą. I była niewolnicą, której właściciel chciał ostro wyruchać ją w dupę.

Gdy pieprzenie trwało, Erika kontynuowała całowanie Kelly w usta. Stało się to niechlujnym, mokrym pocałunkiem w język. Erika uwielbiała to uczucie. A szczególnie podobało jej się to, że Kelly nigdy wcześniej nie całowała się z kobietą. Odbieranie lesbijskiego dziewictwa Kelly było erotycznym dreszczykiem emocji.

„Czy lubisz ostry seks?" zapytał właściciel.

Z trudem mówiła. "Tak jest."

„Daj mi znać, jeśli będzie za dużo. Nigdy nie chcę cię skrzywdzić, moja droga. Ale naprawdę chcę doprowadzić cię do orgazmu. Chcę, żebyś doszedł tak, jak zrobiła to moja żona".

Analne ruchanie stało się trudniejsze i bardziej intensywne, gdy Richard złapał za smycz i delikatnie pociągnął, co lekko zakrztusiło się obroży Eriki. W rezultacie jej oddech stał się bardziej ograniczony i poczuła ucisk na szyi.

Erika przestała całować związaną żonę, gdy ruchanie analne stało się trudniejsze. Stawał się coraz trudniejszy, a łóżko zaczęło się trząść. Erika poczuła narastające w niej ciśnienie, gdy walił ją w tyłek.

- O Boże - jęknęła Erika, gdy jej szyja była ściskana. "Moja dupa... moja dupa..."

W tym momencie tyłek Eriki był tak mocno walony, że jej małe piersi w kształcie gruszki zaczęły falować w przód iw tył. Łzy zbierały się w jej oczach , a ona nadal wydawała ciche jęki.

Smycz była coraz mocniej naciągnięta, a obroża zaciśnięta, co dawało Erice mniej powietrza do oddychania.

Co gorsza, gdy Richard nadal ciągnął smycz jedną ręką, drugą ręką sięgnął poniżej i pieścił wrażliwy sutek Eriki. Ściskał i przekręcał. Bękart.

Znał jej słabość. Znał jej czuły punkt i wykorzystywał go podczas seksu. Jej różowy sutek był w agonii. Ale było to dla niej również źródłem wielkiej przyjemności.

Jej usta wydawały krótkie pomruki. Jej oczy się zamknęły. Jej ciało było sztywne, gdy znosiła walenie w tyłek, ograniczenia w oddychaniu i tortury sutków. A jej dłonie mocno zacisnęły się na prześcieradle. W niewolniku narastało uczucie intensywnego seksu analnego i stymulacji seksualnej, a Richard z łatwością je wyczuł.

- Sperma, mój niewolniku - mruknął Richard. „Tryskaj tak, jak robiła to moja żona".

Puścił jej sutek, a zamiast tego sięgnął w dół i fachowo bawił się bolącą łechtaczką Eriki, jednocześnie pieszcząc jej dupsko swoim wyprostowanym kutasem. Dla Eriki było jasne, że jej właściciel jest dobrze zorientowany w tej sytuacji i musiał robić to wiele razy ze swoją żoną Kelly. Cóż za szczęściara, pomyślała Erika.

Smycz została pociągnięta mocniej , a obroża zacisnęła się wokół szyi Eriki, co uniemożliwiło jej krzyczenie.

Zamiast krzyków, krótkie wdechy powietrza wydostały się z ust Eriki, gdy osiągnęła orgazm. Jej plecy wygięły się w górę, podczas gdy jej tyłek był brutalnie posuwany, a jej łechtaczka była wściekle pocierana.

„Mój tyłek", jęknęła cicho, a jej ciasny, mały dupek zaczął się mocno rozciągać. „Mój tyłek".

To była jej kolej na spermę. I to była również jej kolej na tryskanie. Kilka wytrysków płynów wystrzeliło z cipki Eriki na ciało Kelly. Nie spuściła się tak bardzo jak Kelly. Erika nie była tak naprawdę urodzonym squirterem. Ale wytrysnęła wystarczająco, by złożyć oświadczenie.

A to stwierdzenie było takie, że seks był zajebiście niesamowity i że uwielbiała być niewolnicą tego małżeństwa.

Uścisk na smyczy powoli się rozluźniał, a obroża wydawała się mniej krępująca. Erika poczuła, jak powietrze wraca do jej płuc, a szyja i gardło rozluźniają się. Pomiędzy intensywnym orgazmem, który odczuwała, a kołnierzem poluzowanym, Erika ledwie zauważyła fakt, że Richard właśnie spuścił się w jej dupie.

– Skończyłem – powiedział Richard, całkowicie puszczając smycz. „Teraz nadszedł czas, abyś się umył".

Erika rozpoznała insynuację w jego głosie. Przez chwilę milczała i oddychała ciężko. Chciała odzyskać spokój przed ponowną rozmową z właścicielem.

To wszystko było częścią bycia prawdziwym niewolnikiem.

– Jak chcesz, żebym to zrobił, proszę pana? – zapytała dobrze skomponowanym, właściwym głosem.

„Przyciśnij pupą do twarzy mojej żony. Ona cię oczyści".

Erika była w szoku. Ale kiedy spuściła wzrok, zobaczyła chętny wyraz twarzy Kelly, który lekko skinął głową, dając Erice znać, że wszystko w porządku.

Gdy kutas został wyciągnięty z tyłka Eriki, czołgała się w górę i usiadła prosto, ustawiając swój dupek tuż nad ustami Kelly, i opuściła się. W głębi duszy Erika czuła się źle z powodu bycia w takiej sytuacji, ale to nie była jej decyzja. Tego chciał jej właściciel. A sądząc po posłusznym lizaniu jej tyłka, które nagle poczuła, Kelly też tego chciała.

Gdy Erika poczuła, jak jej dupek jest lizany i czyszczony przez związaną żonę, zamknęła oczy i delektowała się tą chwilą. Jak dotąd była to najbardziej szalona noc w jej życiu. Nic nigdy się nie zbliżało.

Pod wieloma względami bycie wystawionym na aukcję było najlepszą rzeczą, jaka ją spotkała. Dało jej to poczucie pewności. Poczucie, że może zrobić wszystko. Nigdy nie czuła się tak dobrze we własnej skórze.

To było wyzwolenie seksualne w najlepszym wydaniu.

Język Kelly wszedł nieco głębiej do odbytu, by ssać spermę, a Erika poczuła się jak zadowolona niewolnica. Zastanawiała się, czy mogłaby to zrobić jeszcze raz i z kim?

Epilog:

Minął rok i Richard obiecał Kelly coś wyjątkowego.

Wrócił wcześniej z pracy do domu. Tymczasem Kelly właśnie wróciła po długim dniu w biurze. Wciąż miała na sobie strój biurowy.

Kiedy wróciła do domu, kazano jej zdjąć buty i odłożyć torebkę.

– Mogę przynajmniej najpierw się przebrać? zapytała. – Pewnie przydałby mi się też prysznic.

– Pozwolenie ci na to zepsułoby niespodziankę.

Kelly uśmiechnęła się: „Kolejny szalony prezent na naszą 11. rocznicę?"

- Zgadza się - powiedział, wyjmując z kieszeni opaskę na oczy.

Spojrzała na niego sceptycznie, ale zgodziła się. Miała opaskę na oczach, a Richard poprowadził ją po schodach, korytarzem do ich sypialni.

Kiedy dotarli na miejsce, Richard zapytał, czy jest gotowa, a ona odpowiedziała, że tak.

Opaska została zdjęta.

Szczęka Kelly omal nie opadła na widok nagiej kobiety związanej w ich małżeńskim łożu. Naga kobieta miała nadgarstki i kostki związane liną. Leżała w pozycji klęczącej, z tyłkiem skierowanym na zewnątrz.

Nie była to jednak byle jaka naga kobieta. To był ktoś, kto wydawał się znajomy. Ktoś, kogo Kelly była w stanie rozpoznać po gołym tyłku.

- Czy to... Erika? zapytała.

„Dlaczego nie spróbujesz i nie przekonasz się?"

"Czy ty..."

„Kupiłem ją na dzisiejszy wieczór. Lub dłużej, jeśli chcesz. Może być naszą niewolnicą, kiedy jej potrzebujemy. Jest więcej niż chętna".

- Przesadzasz - powiedziała Kelly z lekkim uśmiechem, delikatnie kręcąc głową z niedowierzaniem.

„No dalej, skosztuj kochanie".

Kelly rzuciła mężowi niejednoznaczne spojrzenie, po czym podeszła do związanego niewolnika, uklękła i obiema rękami jeszcze bardziej rozszerzyła pośladki niewolnika. Kelly zaczął uprawiać seks oralny z dupą i cipką Eriki.

Kontynuując pracę ustną, usłyszała dźwięk otwierania szuflady przez Richarda. Próbowała to zignorować i skupić się na oralnym zaspokojeniu niewolnika. Ale nie mogła tego zignorować, gdy Richard położył małe pudełko na łóżku, tuż obok niewolnika.

Kątem oka Kelly zobaczyła, co było w małym pudełku. To był nowo zakupiony zestaw z paskiem i Kelly wiedziała, że to będzie kolejna długa noc.

MUZUŁMAŃSKA ŻONA

43

Jedną z wyjątkowych cech dworu było to, że żaden z pokoi nie miał drzwi. Więc każdy mógł zobaczyć wszystko, w dowolnym momencie.

To nigdy nie było coś, czego Samira nigdy nie wyobrażała sobie jako część. Była dobrą muzułmanką. Znalazła się tutaj tylko dlatego, że wiele lat temu odziedziczyła marokańską firmę spedycyjną po swoim ojcu, a dzięki mądrym i przemyślanym decyzjom biznesowym była w stanie stworzyć dla siebie małą fortunę.

Ten sukces pozwolił jej żyć ekstrawagancko w Ameryce. Nie tylko stała się zamożną kobietą biznesu , ale także zyskała sławę w świecie filantropijnym, ocierając się o znane osobistości i polityków.

Teraz była tutaj, na parterze „Dworu Bondage", jak nieoficjalnie nazwało go wielu elitarnych gości. Była tu tylko ze względu na swojego męża Michaela, który był obywatelem Wielkiej Brytanii i bogatym inwestorem technologicznym ze wszystkimi odpowiednimi koneksjami (w tym miejscem takim jak to).

Była 35-letnią dziewicą, kiedy pobrali się kilka miesięcy temu, i nadal nie mogła uwierzyć, że namówił ją na udział w hedonistycznym wydarzeniu takim jak to. Michael powiedział jej , że to spóźniony prezent ślubny. Dodał, że prezent od najbliższego przyjaciela.

Wszyscy goście byli nienagannie ubrani na tę okazję. Ze swojej strony zestaw Samiry obejmował elegancką białą sukienkę, szpilki i fantazyjną biżuterię. Jej bujne, falujące czarne włosy były rozdzielone pośrodku i swobodnie opadały; tak jak wolał jej mąż. To sprawiało, że wyglądała niezwykle ponętnie, jak często mawiał.

Rozejrzała się dookoła, mając nadzieję, że nie ma nikogo, kto by ją rozpoznał. Nikt tego nie zrobił. Goście, w większości pary w średnim wieku, wszyscy biali, byli zbyt zajęci skupianiem się na różnych nagrodach wystawionych na aukcję.

Skąpo odziane kobiety stały na różnych platformach, podczas gdy goście składali oferty na te, które chcieli. Wszystkie kobiety były atrakcyjne. Młodzi dorośli. Różne narodowości i pochodzenie. A Samira cieszyła się, widząc, że każda z młodych uległych cieszy się obecnością, z przyjemnymi i uwodzicielskimi uśmiechami na ich uroczych twarzach.

"Bawić się?" Michael szepnął jej uwodzicielsko do ucha. – Zaczynasz wyglądać na bardziej komfortową będąc tutaj.

Samira mocniej przytuliła męża. - Nie powiedziałbym tego. Nadal jestem bardzo zdenerwowany.

„Wkrótce będziemy we własnym pokoju, z większą prywatnością. Kto cię interesuje?"

Dokładniej oceniła swoje możliwości. Prawda była taka, że byłaby zadowolona z każdej uległej. Jako świeżo poślubiona kobieta uprawianie seksu z mężem wciąż było cudowną przyjemnością, która pozostawiała ją nie do końca usatysfakcjonowaną. Michael był dobry w łóżku i wszystkie jej zmysłowe przyjemności zostały zaspokojone.

Ale pomysł eksploracji z inną kobietą był wyjątkową okazją do jeszcze większego przesunięcia granic jej seksualności. Pogodziła to ze swoimi surowymi przekonaniami religijnymi, ponieważ mieściło się to w granicach jej małżeństwa.

Gdy przeglądała, ktoś przykuł jej wzrok.

Niewinnie wyglądającej brunetki w obcisłej czarnej sukience, która była drobna i miała mlecznobiałą skórę; cera, która wydawała się nieskazitelna. Jej twarz była okrągła, a wzrost niski. Łódź podwodna była trzymana na smyczy i obroży wokół jej szyi, a ona klęczała, wyściełana puszystą czerwoną poduszką. Nie mogła mieć więcej niż dwadzieścia kilka lat, a jej brązowe włosy były związane w schludny kok.

"Jej?" – zapytał Michael, zauważając, że jego żona się wpatruje.

Samira potwierdziła: „Myślę, że jest urocza. Nie mogę uwierzyć, że w ogóle tu jest. Taka dziewczyna?"

„Fantazje nie mają granic, kochanie. Jestem pewien, że ma ciekawą historię. Czy powinniśmy się bliżej przyjrzeć?"

Podeszli do tej drobnej młodej kobiety. Inni goście w Dworku też przeglądali. Zbadali twarz, ciało uległej oraz informacje na wyświetlaczu.

Imię: Erika

Wiek: 24

Wzrost/waga: 5'2 110 funtów

Zawód: student college'u (ekonomia)

Preferencje: Złożenie

Orientacja: Otwarta na wszystko

Umiejętności: Wszystko i wszystko. Pary. Oczyszczanie jamy ustnej.

Otwory: Wszystkie 3 dostępne

Doświadczenie: 3. wydarzenie

Cytat: "Cześć, mam na imię Erika i chciałabym być Twoją zabawką. Chociaż jestem całkiem nowa , nadal jestem bardzo ciekawa i otwarta na wiele rzeczy. Mogę być grzeczną lub złą dziewczynką Twój wybór to dla mnie przyjemność."

Cena wywoławcza: 500 USD

Sub „Erika" pozostała stoicka, gdy potencjalni nabywcy patrzyli na jej urodę i mieli niegodziwe myśli o tym, co chcieliby z nią zrobić. Nie można było odczytać jej twarzy.

— Czy mam złożyć ofertę? Michał zapytał żonę. „A może powinniśmy przeglądać dalej? Może jest ktoś inny, kogo bardziej lubisz".

Samira była nieugięta. „Nie. Ta. Lubię ją. Wydaje się taka słodka. Zastanawiam się, jaka jest prywatnie".

„Oczywiście, kochanie. To jest twoje doświadczenie do podziwiania".

Michael złożył ofertę na ten konkretny okręt podwodny , a Samira obserwowała, jak jej mąż robi interesy.

Kiedy oferty zostały złożone i nadszedł czas, aukcja ruszyła swoim torem. W sumie było co najmniej 20 uległych. Każdy z nich był licytowany. Jeśli chodzi o gości, którzy nie mogli kupić łodzi podwodnej na dany dzień, najwyraźniej byli zajęci sobą nawzajem lub obsługą, która pomogłaby w zapewnieniu dziennej rozrywki.

Tętno Samiry przyspieszyło, gdy jej mąż licytował. Nie chciała, żeby ktoś inny posiadał Erikę. Szczerze mówiąc, chciała Eriki dla siebie i Michaela jako trio. Dziewczyna tak urocza, jak ona, chciała zapewnić jej bezpieczeństwo i opiekę, niemal w matczyny sposób.

A jeśli faktycznie wygrali przetarg? Czy to będzie jej pierwsze lesbijskie doświadczenie? Poczuła panikę i wstyd. Gdyby ktoś w jej rodzinnym kraju kiedykolwiek wiedział...

Wtedy usłyszała: Sprzedane!

Michael wygrał licytację. Uległa Erika wstała i smycz została przekazana mężowi.

Kiedy uległa zeszła na dół, Samira i Erika były twarzą w twarz. Uległy uśmiechnął się. Samira myślała tylko o tym, jak piękna była ta młoda kobieta i jak nieskazitelna wydawała się jej skóra; prawie się świeciło. I te usta! Erika miała najbardziej soczyste i naturalnie nadąsane usta, jakie można sobie wyobrazić. Jak oni muszą się czuć podczas pocałunku, czy czegokolwiek innego... Zastanawiała się Samira.

Michael pomógł przełamać niezręczność i wszyscy się przedstawili. Wymienili uprzejmości i Samira poczuła ukłucie winy, że wykorzystają tę młodą kobietę do przyjemności seksualnej i do niczego więcej.

Wszyscy razem weszli po schodach. Michael był pośrodku, a dwie kobiety obejmowały go ramionami. W tym czasie partia ewoluowała. Dla elit społecznych była to wciąż sprawa wysokiej klasy. Ale piersi były odsłonięte. Pokazano części ciała.

Kiedy dotarli na piętro, gdzie znajdowały się wszystkie sypialnie, słyszeli już jęki i Bóg wie co jeszcze. Samira zajrzała do jednego z pokoi i zobaczyła uległą Azjatkę na kolanach zadowalającą mężczyznę oralnie, podczas gdy jego żona patrzyła. W sąsiednim pokoju uległa Latynoska rozbierała się przed parą, dumnie modelując swoje posągowe ciało i ciemne sutki dla ich przyjemności oglądania. W jeszcze innym pokoju uległa była z zasłoniętymi oczami i związana z rozłożonymi nogami na łóżku.

Po raz kolejny ogarniało ją poczucie winy Samiry za wykorzystanie Eriki w ten sposób.

Dotarli do swojego pokoju. To było fantazyjne i miało japońską grafikę na ścianie. Było też duże okno, które nadzorowało podwórze, gdzie mnóstwo ludzi wciąż bawiło się na zewnątrz, podczas gdy nadzy służący podawali jedzenie i napoje. Samira była przerażona na myśl, że ktoś mógłby tak po prostu spojrzeć w górę i zobaczyć ich. Ale takie były zasady tego miejsca.

W ramach uprzejmości Michael zdjął kołnierzyk Eriki, dzięki czemu wyglądała jeszcze bardziej zdrowo.

Samira chciała powiedzieć: „Nie musisz tego robić, Erika. Możesz nas po prostu obserwować, jeśli to sprawi, że poczujesz się bardziej komfortowo.

Zanim te słowa mogły opuścić usta Samiry, Erika przejęła inicjatywę.

twarzy Eriki pojawił się swobodny wyraz , gdy stanęła przed nimi, rozpięła zamek z tyłu sukienki i upuściła ją na podłogę. Jej skóra była blada i miała subtelne krągłości. Miała na sobie pasującą parę białego stanika i majtek, a także pończochy i podwiązki. Cienki koronkowy stanik z satynowymi brzegami okazał się dla niej o rozmiar za mały, co wydawało się zamierzone, w wyniku czego jej różowe sutki były widoczne na wierzchu.

W tym momencie Samira wiedziała, że jej własny osąd był błędny. To nie był błąd. Ta młoda uległa doskonale wiedziała, co robi, stojąc tam z częściowo odsłoniętymi sutkami i patrząc na siebie, aby upewnić się, że jej bielizna wygląda dobrze. Poprawiła stanik i majtki i była więcej niż zadowolona z faktu, że jej sutki były widoczne .

- Jestem gotowa - powiedziała Erika z krzywym uśmiechem i rękami na biodrach.

„Jesteś niezłym studentem ekonomii" – zauważył Michael, podziwiając ledwo widoczny strój z bielizną.

Erika skinęła głową. „Właściwie to mój ostatni rok. Odbywałam staże dwa lata z rzędu i mam nadzieję, że w przyszłym roku dostanę pracę jako analityk finansowy".

„Mózg i uroda. Tak jak moja żona. Prowadzi dużą firmę spedycyjną".

"Oh?" Brwi Eriki uniosły się i spojrzała na zmysłową sylwetkę Samiry.

„Wygląda na to, że wszyscy tutaj jesteśmy profesjonalistami" — zauważyła Samira. „Mój mąż i ja jesteśmy tu nowi. Niedawno się pobraliśmy. I nigdy wcześniej nie robiliśmy czegoś takiego, jeśli możesz w to uwierzyć".

Erika skinęła głową. „ Och, zdecydowanie w to wierzę. To miejsce jest popularne wśród ciekawskich par".

- Zauważyłem. To miejsce jest... wyjątkowe.

„To dobrze. Rzecz dom / sub jest wyjątkowa i trudna do uzyskania. Ale po to jest to miejsce. By być twoim przewodnikiem".

Samira delikatnie się spięła. - Jestem pewien, że jesteś bardzo zdolnym przewodnikiem.

„Zostałem wyszkolony do perfekcji. Więc tak, jestem bardzo zdolny do wielu rzeczy. I uwielbiam sprawiać przyjemność".

- Ty też słodko wyglądasz.

– Czy to ty mnie wybrałeś? Erika zapytała ze słodkim wyrazem twarzy.

– Tak – przyznała Samira. „Myślę, że jesteś urocza. Może nawet nazwę cię seksowną. Nigdy wcześniej nie byłam z kobietą, ale mój mąż chce, żebym odkryła coś nowego".

„To jest idealne. Uwielbiam pary. Byłem z kilkoma i powiedziano mi, że jestem w tym bardzo dobry".

Samira wzięła głęboki wdech na przeżycie dziewczyny. "Wydajesz się..."

"Niewinny?" – zapytała żartobliwie Erika, kończąc zdanie Samiry.

"Tak. Wyglądasz jak anioł, naprawdę."

„Samira, nawet anioły mają swoje przyjemności".

„Mówiąc o tym," wtrącił się Michael. „Mam prośbę. Erika, kupiliśmy cię dla naszej przyjemności. Ale to jest nudne. Zbyt przewidywalne. Zamiast tego, Erika, daję ci całkowitą kontrolę nad nami; mój zwłaszcza żona. Chcę, żeby moja żona o tym pamiętała. Czy możesz to zrobić, Erika?

Samira sapnęła na to ogłoszenie, a Erika zareagowała odwrotnie, uśmiechając się diabelsko.

- Oboje macie szczęście - odpowiedziała Erika z lekką radością. – Ponieważ kupiłeś odpowiednią dziewczynę do tej pracy. Zawsze myślę o tym, jak być niegrzecznym wobec wyrafinowanych ludzi. Jestem pewien, że możemy coś wymyślić.

— Masz coś na myśli? on zapytał.

Erika zwróciła się do Samiry i zamyśliła się. „Hmm... zobaczmy. Taka kobieta z klasą i elegancją. Widzę, że wahasz się, czy tu być. Ale mogę to naprawić".

Wszystko, co Samira mogła zrobić, to stać nieruchomo i czekać, podczas gdy ta młoda uległa nadal ją obserwowała i myślała o tym, co wszyscy będą robić za kilka chwil.

- Wiem - powiedziała w końcu Erika, a jej oczy się zaświeciły. „Chcę, żebyś nosił moją obrożę, kiedy będę trzymał smycz. Przy oknie".

przechyłu nastąpiło tak nagle, że Samira nie wiedziała, co ma czuć . To był szok. Nie na to pierwotnie się zgodziła. A to, że była używana jako zabawka, z pewnością nie było powodem, dla którego tu przyjechała.

Spojrzała na męża, szukając moralnego wsparcia, ale nie znalazła żadnego. Michael wydawał się w pełni popierać ten pomysł, a Samira miała przewagę liczebną.

– Chcesz mnie poniżyć? – spytała Samira, ukrywając zakłopotanie w głosie.

„Nie. Chcę tylko patrzeć, jak ssiesz kutasa".

Samira starała się zachować godność. "A czemu to?"

- To moja ulubiona rzecz na świecie - odparła Erika z lekkim błyskiem w oczach. „ Dodatkowo masz ładną twarz. Wygląda egzotycznie. Uwielbiam ciemny kolor twojej skóry. Nie mogę się doczekać, żeby zobaczyć, jak byś wyglądał, robiąc uległego loda".

– Ale ludzie na zewnątrz mogą mnie zobaczyć.

- Nawet lepiej - skinęła głową Erika. „Nie ma wątpliwości, że zostaniesz zauważony. To sprawi, że będzie zabawniej, zaufaj mi".

Podczas gdy Samira stała oszołomiona, Michael uniósł kołnierz.

"Czy powinniśmy?" on zapytał.

„Po namyśle..." dodała Erika, zmieniając zdanie. „Mam lepszy pomysł. Zamiast tego użyj tego."

Uległa dziewczyna sięgnęła do tyłu i rozpięła swój koronkowy stanik, odsłaniając w całości swoje malutkie sterczące cycki i różowe sutki. Ścisnęła stanik na jednym końcu i zakręciła nim. Na jej uroczej twarzy malował się wyraz zachwytu.

- Podoba mi się twój sposób myślenia - uśmiechnął się Michael.

„Trochę kreatywności bardzo się przyda. Czy mogę czynić honory?"

Mąż skinął głową. "Możesz."

Samira stała nieruchomo, gdy Erika podeszła ze stanikiem w ręku. Soczyste, ciemne włosy Samiry były zaczesane do tyłu, a ona pozwoliła Erice owinąć koronkowy stanik wokół szyi, tworząc zaimprowizowany kołnierz i smycz z gładkiego materiału.

– Do okna – Erika szepnęła Samirze do ucha.

Żona skompilowała, podczas gdy Erika delikatnie, ale stanowczo szarpnęła. Samira nie wiedziała, jak się czuć. Kontrola została utracona. A dla młodej kobiety o anielskiej twarzy, nie mniej. Kiedy Samira stanęła przed oknem, zobaczyła gości, którzy bawili się na zewnątrz, oraz nagich służących serwujących poczęstunek.

– Na kolana – powiedziała Erika, po czym zwróciła się do męża. – Kogut, proszę.

Samira uklękła, a jej zmysły się wyostrzyły. Była doskonale świadoma wszystkiego, co działo się na zewnątrz, łącznie ze wszystkimi jękami rozkoszy na korytarzu i dotykiem dywanu na jej kolanach.

Co ważniejsze, słyszała, jak jej mąż zdejmuje buty i rozpina spodnie, schludnie i po męsku (cecha, którą zawsze uważała za seksowną). Pomimo swojego wieku, Samira wciąż była nowa w świecie ssania penisa. Stwierdziła, że sprawia jej to przyjemność. Nie było to nawet w przybliżeniu tak poniżające, jak się spodziewała przez wszystkie swoje dziewicze lata. Co dziwne, czuła się nawet wzmocniona na wiele sposobów, odkąd kontrolowała orgazm mężczyzny, którego kochała.

Ale robić to tutaj? Na oczach tylu potencjalnych świadków? Pod kierunkiem Eriki?

Ta myśl ją przestraszyła. Nie miała na sobie majtek, ale gdyby miała, byłyby przemoczone.

Kiedy klęczała przy oknie, jej bezdenny mąż stał przed nią. Jego kutas był gotowy do ssania. Po raz pierwszy wydawało się, że mąż Samiry jest bardziej rekwizytem niż czymkolwiek innym. Kutas dla niej do użycia. Lub kutasa, którego jedynym celem było pieprzenie jej ust.

Zanim akcja się zaczęła, Erika szarpnęła stanik/smycz, aby wyprostować postawę Samiry, a następnie sięgnęła, aby odsłonić piersi Samiry, przesuwając górną część sukienki w dół.

„Masz ładne ciemne sutki" – powiedziała Erika, patrząc na nagą klatkę piersiową żony. "Są już sztywne. Musisz być podekscytowany. Żadnych linii opalenizny. Twój naturalny kolor skóry jest promienny. Jesteś niezwykle piękna, Samira. Nigdy wcześniej nie grałem z kobietą z Bliskiego Wschodu. To zawsze była fantazja ".

Samira nie zadała sobie trudu, by odpowiedzieć z cienkim stanikiem owiniętym wokół jej szyi. Gdyby mogła, powiedziałaby po prostu „dziękuję".

Pozostała nieruchoma, gdy Erika sięgnęła w dół, by potrzeć każdą pierś i uszczypnęła każdy z jej ciemnych sutków, wywołując dreszcz wzdłuż kręgosłupa Samiry, gdy była używana jak zabawka.

- Zacznij ssać teraz - powiedziała krótko Erika. „Tak twardy kutas nigdy nie powinien czekać".

Michael wykonał pierwszy krok, robiąc krok do przodu tak, że jego erekcja znajdowała się zaledwie kilka cali od twarzy Samiry. Zwykle uwielbiała nawiązywać kontakt wzrokowy z mężem. To zawsze tworzyło poczucie intymności między nimi.

Tym razem nie mogła zmusić się do spojrzenia na kogokolwiek. Miała zamknięte oczy, pochyliła się do przodu i ssała erekcję męża, tak jak lubił. Zacisnęła usta i zrobiła, co w jej mocy, by kiwać głową w przód iw tył, nawet z koronkowym stanikiem owiniętym wokół szyi.

Czuła, jak kutas sztywnieje w jej ustach. Oznaczało to, że robiła wszystkie właściwe rzeczy i że jej mąż uwielbiał to doświadczenie. Słyszała również erotyczny odgłos cięższego oddechu Eriki, gdy czuwała nad nią.

Cóż to musiało być za przedstawienie dla łodzi podwodnej. A co za show dla gości na zewnątrz. Boże, czy któryś z nich patrzył? Albo ktoś inny na korytarzu?

- Zabierz go na całość - powiedziała Erika z nutą autorytetu. „Chcę zobaczyć głębokie gardło. Moim skromnym zdaniem dobry lodzik jest niepełny bez knebla lub dwóch".

głębokie gardło Teraz jest coś, czego Samira starała się unikać. Widziała ten akt w pornografii i zawsze uważała go za tandetny i bezklasowy. Będąc kobietą z godnością, unikała tego za wszelką cenę i doceniała fakt, że jej mąż nigdy nie prosił o tak brudną rzecz.

W tej sytuacji, z prowizoryczną smyczą na gardle, poczuła się zmuszona do wykonania polecenia. Zacisnęła powieki, żeby łzy nie popłynęły. I miała nadzieję, że nie będzie wydawać upokarzających odgłosów krztuszenia się.

Jej głowa powoli przesunęła się do przodu, biorąc więcej penisa męża do ust i do gardła. Poczuła szarpnięcie kutasa na jej języku, uderzające w górną część gardła. Jej mąż to uwielbiał. Co za zdrada. Wzięła go jeszcze głębiej, aż dotarł do wejścia do jej gardła. O dziwo, była z siebie dumna, że przeszła całą drogę. Nowe osiągnięcie seksualne.

Jej duma runęła, gdy stało się to, co nieuniknione; zakneblowała się. To było niechlujne i paskudne. Jej oczy łzawiły, a ślina kapała na jej drogą białą suknię. Wydała z siebie obrzydliwy dźwięk i poczuła się zawstydzona.

– Wystarczy – powiedziała miłosiernie Erika. „Teraz chcę zobaczyć, jak się pieprzysz. Wstań i przyciśnij twarz do okna. Nie martw się, szkło jest stworzone, by wytrzymać ciężar kobiecego ciała".

Erika pociągnęła lekko stanik/smycz, dając Samirze znak, by wstała i odwróciła się twarzą do okna. Samira zastosowała się i zobaczyła, że kilku gości oglądało akcję obciągania, popijając szampana na zewnątrz. Stanik/smycz zostały zdjęte z jej szyi i rzucone na podłogę przez Erikę.

Samira rozłożyła nogi, gdy jej mąż rozsunął jej pośladki i wewnętrzną stronę ud. Przycisnęła twarz do specjalnie zainstalowanej szyby, opierając na niej ciężar ciała i poczuła, jak jej mąż rozszerza jej tyłek, by dostać się do jej cipki od tyłu. Była zaznajomiona z tą pozycją i wygięła plecy w łuk, aby podnieść tyłek.

– Spójrz na mnie – powiedziała Erika z uwodzicielską uprzejmością. „Chcę zobaczyć twoje oczy i twarz podczas penetracji. To potężny wyraz twarzy".

Twarz Samiry była już skierowana w stronę Eriki. Ich oczy się zamknęły. Żaden z nich nie odwrócił wzroku, gdy cipka Samiry była rozciągana przez twardego kutasa. Jej usta wydały westchnienie, a oczy rozszerzyły się.

Jej mąż poszedł do pracy ruchając ją od tyłu. Jej ciało kołysało się, a cycki kołysały, a jej ciemne sutki były twarde jak zawsze. Z pewnością więcej gości dworu oglądało ten jawny ekshibicjonizm. Ale Samira nie śmiała spojrzeć. O wiele bardziej kuszące było utrzymywanie kontaktu wzrokowego z tą cenną uległą, która kontrolowała scenę.

Erika sięgnęła palcem po cipce Samiry. - Kurwa, jesteś taki mokry.

„Wiem", jęknęła Samira, gdy jej cipka była walona, a jej ciało kołysało się w przód iw tył.

To było przeciążenie sensoryczne, ponieważ Erika pieściła ciało Samiry; z małą białą dłonią pocierającą jej cipkę, a następnie sięgającą w górę, by ścisnąć jej piersi. Samira jęczała za każdym razem, gdy była dotykana i ściskana. Te miękkie dłonie sprawiały, że czuła się tak dobrze. A jej cipka, która była zniewolona, była jeszcze lepsza.

Jęki stały się głośniejsze, gdy Erika skoncentrowała swoje palce na cipce Samiry. To sprawiło, że oczy Samiry rozszerzyły się, a jej oddech stał się cięższy.

„Znalazłam twoje ulubione miejsce" – powiedziała Erika podekscytowanym głosem. „Kut pieprzy twoją cipkę, a moje palce bawią się twoją cipką, podczas gdy ludzie patrzą z zewnątrz. Może nie jesteś tak właściwy, na jakiego wyglądasz? Może w głębi duszy jesteś tylko niegrzeczną zabawką do ruchania, jak reszta nas. Czy lubisz to słyszeć, Samira? Czy lubisz odkrywać, że jesteś taką brudną kobietą?

Głos łodzi podwodnej stał się niski i przepełniony pożądaniem.

szepnęła Samira. "Tak..."

„Dojdź teraz. Chcę to zobaczyć".

Czy tak wygląda niebo? Samira zastanawiała się, jak jej mąż obezwładnia jej cipkę, a Erika masuje jej łechtaczkę szybkim, okrężnym ruchem. Zamknęła oczy i cieszyła się tym. Społeczeństwo niech będzie przeklęte. To była euforia.

Samira wymamrotała coś niesłyszalnie, gdy płyny spływały jej po nogach na podłogę. Jej sperma również robiła bałagan na kutasie jej męża i zapracowanych palcach Eriki, które pozostały nieugięte podczas intensywnego orgazmu. Zacisnęła szczękę, a jej dolna część ciała zesztywniała podczas wytrysku.

- Ja też będę spuszczał się - jęknął Michael.

„Zalej jej cipkę" – poleciła Erika. – Zajmę się sprzątaniem.

Samira poczuła, jak jej mąż mocno ściska jej biodra i uderza mocniej. To był jego sygnał zbliżającego się orgazmu. Rytmiczne odgłosy uderzania wypełniły pokój, gdy pchnął mocno w jej pośladki. Jej cipka czuła błogość.

Jej mąż jęknął i wszedł w nią. To było uczucie, które Samira zawsze ceniła, uczucie spermy wypełniającej jej dziurę. Kiedy Michael wydał z siebie ostatni jęk, Erika cofnęła palce i opadła na kolana.

- Kurwa, tak - zachichotała Erika, klepiąc jądra Michaela. „Teraz, jeśli mi wybaczysz, wolę od razu posprzątać... póki wszystko jest jeszcze ciepłe i świeże".

Samira nie poruszyła się. Poczuła, jak kutas jej męża „wyskakuje" z niej. Pustka jej ziejącej, zalanej spermą dziury została zastąpiona językiem Eriki. Niespodzianka jej życia. Jej pierwsze prawdziwe lesbijskie doświadczenie.

Zamknęła oczy i jęknęła, gdy utalentowany język lizał, sondował i siorbał jej cipkę wypełnioną spermą. Wszystko zostało połknięte i połknięte. Delektowała się uczuciem kobiecego języka wsuwającego się głębiej, a następnie pięknych ust Eriki pochłaniających soki.

Kiedy usta się odsunęły, Samira odwróciła głowę i zobaczyła Erikę ssącą penisa męża. To było zirytowanie. Nie uzgodniono tego i poczuła ukłucie zazdrości. Ale musiała to podziwiać.

Soczyste usta Eriki były ciasno owinięte wokół zalanego spermą kutasa, a jej głowa gwałtownie kołysała się, biorąc go głęboko bez cienia odruchu wymiotnego. To było piękne. Wdzięczny. Usta Eriki od czasu do czasu wirowały wokół głowy Michaela, zanim wróciła do owijania ustami wokół trzonka, by energicznie ssać. Tak miało wyglądać prawdziwe obciąganie .

Usta Eriki poruszały się tam iz powrotem, ssąc kutasa Michaela i liżąc cipkę Samiry.

"Jak się czujesz?" Michał zapytał żonę.

Samira rozkoszowała się uczuciem języka z powrotem w jej dziurce. Pozostała pochylona, z rękami opartymi o okno. Więcej gości od niechcenia obserwowało to odbiegające od normy spotkanie i kto wie, kto jeszcze zajrzał na korytarz. Nie obchodziło jej to już. W rzeczywistości było to niesamowite podniecenie.

„Jak nowa kobieta" — tylko tyle mogła powiedzieć Samira.

Kiedy jej cipka została oczyszczona, Samira odwróciła się twarzą do męża i podziękowała Erice. Zakładała, że to piekielne spotkanie dobiegło końca. Ale kiedy stanęła twarzą w twarz z nimi, zobaczyła Erikę ponownie stojącą na nogach. Dzieliło ich zaledwie kilka centymetrów.

Samira nie mogła nie zauważyć tych soczystych, pełnych ust, które miała Erika. Usta stworzone do całowania i ssania. Tym razem jednak pełne usta Eriki lśniły świeżymi sokami z cipki i były pokryte gorącą spermą.

Erika oblizała usta w podnieceniu, stojąc przed Samirą, gdy ich spojrzenia się spotkały. Było oczywiste, czego chce ta dziewczyna. Dlaczego temu zaprzeczać?

Oni się całowali. Samira przycisnęła swoje usta do ust Eriki i ich usta się otworzyły. Ich języki walczyły ze sobą i dzieliły się płynami orgazmu w namiętnej wymianie. Ich ramiona owinęły się wokół siebie , a ich piersi i twarde sutki ścisnęły się razem.

Świeża sperma zamieniała się w ich ustach i toczyła się po ich językach. Powoli poczucie winy w Samirze wydawało się dawno zapomniane. Nikt nigdy by się nie dowiedział. To była tajemnica, która zawsze pozostanie w posiadłości niewolników.

KLUB BDSM

Był biały dzień na Park Avenue, najbardziej atrakcyjnej i imponującej dzielnicy Nowego Jorku. Jak większość dni w wielkim mieście, klasa robotnicza chodziła do iz swoich biur, bogaci delektowali się wyśmienitą kuchnią, a turyści spacerowali po dzielnicach, robiąc zdjęcia.

Poza normami ruchliwej dzielnicy, Erika stała nago w pustym pokoju na 38 piętrze luksusowego apartamentowca. Została umieszczona przed oknem, które było zasłonięte cienką białą zasłoną zapewniającą prywatność.

Jej ręce były ciasno związane nad głową, przymocowane do czarnej liny zwisającej z haka w suficie.

Zdobiona czarna maska zakrywała górę jej twarzy, ale podkreślała wydatny nos i podbródek. Pozwoliło to ukazać piękno jej twarzy, jednocześnie ukrywając jej tożsamość. Jej długie ciemne włosy swobodnie opadały kaskadą na plecy, a jej usta były podkreślone rubinową szminką.

Jedwabne czarne pończochy ze szwem biegnącym wzdłuż pleców zakrywały jej zgrabne nogi. Sprawiły, że jej niewiarygodnie długie kończyny wydawały się jeszcze dłuższe. Jej skąpy strój uzupełniły czarne szpilki. Jej ciało było na widoku, w całej swojej nagiej chwale.

Nikt nie zaprzeczy, że była czarująca. Rzadkie połączenie siły i kobiecości, pociągała zarówno mężczyzn, jak i kobiety. Choć smukła, ale zaokrąglona w odpowiednich miejscach, dawała obraz, że jej ciało zostało stworzone do ostrych ruchań . W wieku 28 lat Erika zdała sobie sprawę, że bardzo lubi być wykorzystywana seksualnie przez innych i właśnie tego się dzisiaj spodziewała.

Nawet jej najbliżsi przyjaciele nie wiedzieli o zdeprawowanym sekrecie, który skrywała. Jej uległe pragnienie i pragnienie bycia wykorzystywanym dla przyjemności innych może być dla nich trudne do zrozumienia.

W końcu pozwoliła profesjonalistom przejąć kontrolę nad tym sekretnym miejscem zgromadzenia. Było to eleganckie miejsce, w którym podobnie myślący ludzie z określonej klasy mogli zaspokajać swoje bardzo niegrzeczne pragnienia. Maski były uznaniowe. Ale dla Eriki była to absolutna konieczność; nikt nie mógł wiedzieć, że pozwoliła się traktować w tak skandaliczny sposób. Była wysoko postawionym prawnikiem, na litość boską.

Zasady były proste. Tajemnica była święta. Czystość nie podlegała dyskusji. Szacunek był konieczny. To była ekskluzywna impreza i wszyscy przyszli odpowiednio ubrani.

Gdy Erika stała związana i zamaskowana, patrzyła, jak kobieta Licytatorka zajmuje miejsce obok niej. Licytatorka miała na sobie celowo odsłaniający garnitur, dekolt i wszystko inne, a także złotą maskę, aby ukryć swoją tożsamość. Była wysoką kobietą o władczej aurze, co czyniło ją idealną do tej pracy.

W dziwnym zbiegu okoliczności Erika dołączyła do tych tabu zgromadzeń na prośbę Licytatora, który niewiarygodnie był także prawnikiem o imieniu Lea. Podczas długiego procesu byli przeciwnymi adwokatami. Kiedy sprawa się zakończyła, Lea zaprosiła Erikę na drinka.

„Ty coś wiesz", powiedziała do Eriki przy prywatnym stoliku, kiedy oboje opadli na ziemię, poobijani i wyczerpani po wyczerpującej sprawie. „Kobiety takie jak my to rzadka rasa. Ciężko pracujemy. Jesteśmy inteligentne. Wyrafinowane. Poświęcone. I obie lubimy być pieprzone w określony sposób. Mogłabym powiedzieć, jaką jesteś kobietą, kiedy pierwszy raz cię zobaczyłam. ".

Erika prawie wypluła swojego drinka. Czy naprawdę emanowała jakąś seksualną atmosferą? Jak ta kobieta mogła wywnioskować, że Erika lubi ostre rzeczy?

Przez większość dorosłego życia Eriki seks był waniliowy. Do osiągnięcia orgazmu o minimalnym standardzie wymagane było zwykłe mielenie. Jednak w ostatnich latach poprosiła swoich partnerów o kilka niegrzecznych próśb o urozmaicenie. Ostra kurwa. Lekkie duszenie. Jakieś klapsy. Ale co najważniejsze, prosiła, by traktować ją jak seksualną zabawkę, a nie romantycznego partnera. Dopiero po spełnieniu tych warunków Erika była w stanie osiągnąć wstrząsające orgazmy.

Czy jeden z jej byłych chłopaków rozpowszechnił wieści o jej dewiacyjnych pragnieniach? A może Lea była sekspertem nadzwyczajnym? Erika zastanawiała się, wpatrując się w jelenia w świetle reflektorów.

„Należę do pewnego rodzaju klubu. Jest on przeznaczony dla mężczyzn i kobiet, którzy lubią przekraczać granice niekonwencjonalnego seksu. Pomyśl o tym. To bardzo ekskluzywna sieć i przydałoby się nam nowych członków, takich jak ty. Nie martw się, nikt nie będzie nigdy nie wiadomo. Istnieje formalna umowa, która zawiera klauzulę poufności. Wszyscy jesteśmy zobowiązani do zachowania tajemnicy ze zrzeczeniami i umowami. Kilku członków jest prawnikami. Jeśli nadal niepokoi Cię kwestia prywatności, możemy zaoferować Ci maskę wykonaną na zamówienie od Wenecja. Nosi je kilka naszych szanownych członkiń. Dzięki temu czują się swobodnie, odkrywając ciemniejsze strony swojej seksualności".

Erika była oszołomiona, a jej policzki pokryły się rumieńcem. Lea widziała to spojrzenie już wiele razy. Niezrażona, posuwała się naprzód i rozpowszechniała informacje, które sprawiły, że majtki Eriki natychmiast zmoczyły się.

Po krótkiej rozmowie mającej na celu uspokojenie nagłej hiperwentylacji Eriki, Lea kontynuowała swoją prezentację. „Perwersyjne rzeczy. Liny. Bicze. Ustawienia grupowe. Dominacja. Uległość".

"Jak BDSM?" zapytała Erika.

Lea uśmiechnęła się. „To klub BDSM. Właściwie uczestniczę w bardzo wyjątkowy sposób. Jak chciałbyś być sprzedany? Jeśli się zgodzisz, dopilnuję, abyś poszedł do najbardziej ekscytującego oferenta".

Ich potajemna rozmowa trwała, dopóki Lea nie wcisnęła Erice karty z numerem telefonu . Po tych słowach wstała, zapłaciła rachunek, uśmiechnęła się złośliwie do Eriki, odwróciła się i wyszła. Była pewna, że nadejdzie wezwanie. To fatalne spotkanie było początkiem błogosławionej seksualnej emancypacji Eriki.

Po kilku dniach intensywnych narad zadzwoniła, uznając, że nie ma nic do stracenia. W końcu, pomyślała Erika, komu Lea powie? Obie były kobietami kariery i miały wiele do stracenia pod względem reputacji i potencjalnych klientów.

W tym momencie zaczęły się jej lekcje; dupa, cipka, usta. Była zdyscyplinowana we wszystkich dziedzinach sztuki. Jej ciało było szkolone do utrzymywania pozycji erotycznych przez długi czas. Wszystkie jej punkty przyjemności zostały znalezione; określone mocne i słabe strony. Nie trwało długo, zanim Lea sklasyfikowała Erikę jako demona niewoli i dziwkę bólu. To była właściwa diagnoza dla tej niedoświadczonej łodzi podwodnej.

Oczywiście Lei bardzo podobała się jej rola seksualnego mentora Eriki. Będąc odpowiedzialna za reżim treningowy, Erika była szczególnie dobrze zorientowana w dostarczaniu przyjemności dokładnie według specyfikacji Lei. Spędzili wiele przyjemnych wieczorów z twarzą Eriki w cipce i dupie jej cielesnego trenera. Pod koniec wyczerpującego dnia w sądzie spotkanie w sprawie nielegalnej działalności było mile widzianą ucztą. Ich wspólny entuzjazm i etyka pracy sprawiły, że szczególnie dobrze nadawali się zarówno do dawania, jak i przyjmowania swoich ról.

To było wtedy.

Teraz goście zajęli swoje miejsca w pokoju. Musiało być obecnych co najmniej 15 osób, co wydawało się standardem. Erika nie mogła dokładnie policzyć, ponieważ była zamknięta twarzą do frontowej ściany. Z głębi korytarza słyszała więcej ludzi kłębiących się w pozostałej części mieszkania (co najmniej kolejnych 15).

To prawda, co mówią o wyostrzaniu innych zmysłów, gdy jeden jest utrudniony. Odgłosy kroków i ludzi siadających na tapicerowanych krzesłach z wysokimi oparciami były wyraźne. Wkrótce usłyszała ciche szepty o jej urodzie. W końcu rozmowy zeszły na sposoby, w jakie goście wyobrażali sobie wykorzystanie jej dla własnej satysfakcji.

Potężna kombinacja bycia związanym i niewiedzy, co się wydarzy, sprawiła, że cipka Eriki zwilżyła się w oczekiwaniu. Soki gromadziły się na szczytach jej ud, ponieważ nie miała włosów łonowych, które mogłyby je utrzymać w intymnej przestrzeni.

Licytator uderzył młotkiem w podium. „Panie i panowie, zanim zaczniemy, chciałbym osobiście podziękować wszystkim za przybycie. Mamy dziś wspaniały skład kobiet i mężczyzn. Jesteśmy pewni, że spodobają wam się przyjemności, które mamy w zanadrzu".

Zrezygnowała ze zwykłych formalności na początku imprezy. Jej słowa były profesjonalne i wypowiedziane z asertywnością wymaganą od dobrego adwokata. Jednak jej poród miał również uwodzicielski i zabawny charakter. Niewielka publiczność oklaskiwała oficjalne rozpoczęcie obrad.

Licytator kontynuował: „Najpierw zaczniemy od Eriki, tej oszałamiającej piękności stojącej obok mnie. Oficjalnie jest profesjonalistką, bardzo szanowaną w swojej dziedzinie. Nieoficjalnie, przed wami wszystkimi, zostanie wykorzystana jako czyjaś zabawka do pieprzenia".

Erika nie mogła powstrzymać podniecenia i mimowolnego skurczu jej cipki.

„Wiem, że wielu tutaj ma fetysz do pracujących kobiet. Uwierz mi, kiedy mówię ci, że Erika ma mózg, który odpowiada jej niesamowitej sylwetce. Który z was chciałby ją posiadać? Kto chce, aby ta wysoce wykształcona kobieta poddała się twoim zachcianki seksualne?"

Chociaż Erika nie mogła na to patrzeć, usłyszała pomruki aprobaty. Licytator odnotował jednak skinienia głową, oblizywanie ust i wyostrzone spojrzenia. Pożądanie wisiało w powietrzu, a Erika była na apetyt każdego.

„Najpierw zaczniemy od prezentacji jej nóg".

Licytatorka opuściła podium ze skórzanym wiosłem w dłoni, gdy podeszła do Eriki. Potem przetarła czubkiem wiosła czarne pończochy Eriki. Erika starała się nie ruszać, pomimo własnego podniecenia.

„Te nogi są długie i bez skazy" – powiedział Licytator. „Bez obcasów ma 5'8". Jest biegaczką i ukończyła sporo maratonów charytatywnych.

Pomyśl tylko, jak dobrze byłoby przesuwać palcami, ustami, cipkami lub kutasami po tych nogach".

Erika stała się bardziej mokra, gdy wiosło przesunęło się w górę i zostało uderzone w jej tyłek.

„Wiem, że wielu z was lubi dawać dobre klapsy dojrzałym tyłkom. Tyłek Eriki jest idealnie okrągły i bujny; jej delikatna skóra zniesie długie wiosłowanie. Pozwól mi zademonstrować " .

Łopatka została przyciśnięta płasko do lewego pośladka Eriki , a następnie została wycofana przez licytatora. Rozległ się grzmot, gdy ponownie doszło do kontaktu między wiosłem a jej tyłkiem. Odbiło się to echem w pokoju i sprawiło, że Erika wzdrygnęła się, pomimo jej najlepszych starań, by nie ruszać się.

Zadano kolejny cios. Potem kolejny. I kolejny. Każdy cios był mocniejszy od poprzedniego. Oba policzki w równym stopniu odczuwały pieczenie związane z klapsami.

Kiedy klapsy się skończyły, biała skóra była zaczerwieniona i promieniowała ciepłem.

„Panie i Panowie, to tylko zapowiedź" – Licytatorka uśmiechnęła się za własną maską. „Teraz dla jej odbytu".

Ruchanie w dupę było czymś, do czego Erika przyzwyczaiła się, odkąd dołączyła do tej tajnej grupy BDSM. Chociaż była wysoka i sprawiała wrażenie mocno zbudowanej, jej odbyt był delikatny i malutki. Tylko obecni eksperci mogli dopasować duże kutasy do jej zakazanej dziury. Wymagało to kontroli i cierpliwości.

Miękkie, kobiece dłonie dotknęły tyłka Eriki i rozwarły jej policzki, odsłaniając jej małą brązową dziurkę grupie. Czuła się całkowicie odsłonięta i bezbronna, gdy powietrze przepływało przez jej odbyt. Co dziwne, czuła również, jak wygłodniałe oczy pokoju wpatrują się w to, w całej okazałości.

„Jak wszyscy widzicie, jej dziurka jest ledwo widoczna, malutka i aż prosi się o rozciągnięcie. Czyjś szczęśliwy kutas może dziś znaleźć w niej nirwanę".

Podczas brawurowej części prezentacji Licytator odłożył wiosło i chwycił Erikę za biodra, obracając ją tak, by była zwrócona twarzą do małej publiczności.

Erika widziała tłum przez swoją maskę. To była typowa grupa; równy podział kobiet i mężczyzn. Wszyscy byli ostro ubrani w niedbale elegancki sposób. Na ich twarzach malowało się to samo pożądanie, ponieważ każdy z nich miał nadzieję, że uda mu się uciec w specjalny sposób. Widok piersi i cipki Eriki zdawał się hipnotyzować uczestników, kiedy tylko się pojawili.

Sutki Eriki stały się twarde jak skała.

Licytator ponownie podniósł wiosło i mocno przycisnął je do warg sromowych Eriki , które przypadkowo wywarły również nacisk na łechtaczkę.

„Szczerze mogę powiedzieć, że miałem przyjemność skosztować tego, co jest między tymi nogami. Panie i Panowie , niezależnie od tego, czy chcecie wyruchać jej cipkę, czy ją zjeść, czeka was prawdziwa uczta".

Erika poczuła, jak wiosło przesuwa się do jej okrągłych piersi, okrążając jasnobrązowe sutki. Łopatka delikatnie uderzała w spód każdego z cycków, powodując, że jej piersi podrygiwały przed adorującym tłumem.

„I spójrz tylko na te cycki" - powiedział z zachwytem Licytator. „Czy ktokolwiek z was może uwierzyć, że są prawdziwe? I są bardzo prawdziwe, zapewniam was".

Erika jęknęła, gdy Licytator pochylił się, by z grubsza ścisnąć jej lewy cycek i delikatnie ugryzł sutek. Licytator szybko possał sutek, zanim go puścił.

W końcu wiosło przesunęło się do ust Eriki.

„Na koniec jej usta. Idealne do całowania. Idealne do ssania. Idealne do czyszczenia. Czy wspominałem, że uwielbia zjadać spermę? Zarówno męskie, jak i damskie ".

Z tłumu dobiegły kolejne aprobujące skinienia.

„Podsumowując, ta jest dziwką do bólu" – podsumował Licytator. „Ma wysoką tolerancję i pragnie wszystkiego, co najlepsze".

Erika natychmiast zwróciła uwagę na reakcję publiczności, która wahała się od westchnień do uśmiechów.

Licytator ponownie stanął za podium i wystawiał oferty. Licytację wygrywał ten, kto zaproponował najbardziej perwersyjne akty seksualne, wykonane w najbardziej prowokacyjny (ale rozsądny) sposób. Pojawiły się oferty, każda bardziej kusząca od poprzedniej.

W końcu Erika usłyszała magiczne słowa, które sprawiły, że całe jej ciało zwróciło uwagę. Jej sutki napięły się, a cipka zaczęła niecierpliwie drżeć.

"Sprzedany!" — powiedział głośno Licytator, uderzając młotkiem w podium. „Mamy remis. Do gości nr 3 i nr 7. Możesz teraz odebrać nagrodę do podziału między was oboje".

Zwycięzcy wcześniej jasno określili swoje intencje:

Mężczyzna nr 3 nie nosił maski. Erika rozpoznała go z działu towarzyskiego gazety. Ten dobrze znany filantrop poprzysiągł, że poskromi tyłek Eriki dobrym klapsem. Obiecano precyzję; jego ulubionym narzędziem była skórzana chłosta. Wtedy byłby właścicielem jej dupka swoim ogromnym kutasem. Zapewniono go, że jest ekspertem od pieprzenia tyłków i oswajania porywczych kobiet.

Kobieta nr 7 miała bogatą, ciemną skórę. Byłoby to pierwsze doświadczenie Eriki z czarną kobietą. Jej pełne, soczyste usta wyglądały, jakby lubiła dawać i otrzymywać erotyczną rozrywkę. Była też bez maski. Uznana ekspertka w grach piersiowych, znała wszystkie wskazówki i sztuczki dotyczące torturowania sutków . Używając odpowiedniej kombinacji szczypania i skręcania, mogła podawać bodziec, który dawał słodkie cierpienie, nie pozostawiając trwałych uszkodzeń. A jako lesbijka wiedziała, jak najlepiej wylizać dobrą cipkę.

Erika nigdy wcześniej nie dzieliła przyjemności seksualnej z czarną kobietą i ten pomysł bardzo ją podniecił.

Tych dwóch Dominantów zostało wybranych przez Licytatora ze względu na ich potencjał współpracy. Podczas gdy Erika znajdowała się w tej niepewnej sytuacji, obie miały jednocześnie zapewniać łódź podwodną; jeden z przodu, a drugi z tyłu. To zapewniłoby małej widowni niezapomniane widowisko.

Całe ciało Eriki zadrżało, gdy zwycięzcy zbliżyli się do przodu sali. Była już wcześniej wykorzystywana przed małą grupą; ekshibicjonizm tylko spotęgował jej ostateczne uwolnienie. To był pierwszy raz, kiedy została wykorzystana przez dwie osoby, które wspólnie pracowały nad różnymi stronami jej ciała. To było spełnienie jej brudnego marzenia.

Czarna kobieta jako pierwsza nawiązała kontakt, pocierając ciemnymi palcami mlecznobiałą skórę Eriki. Erika spojrzała w dół i była podniecona kontrastem kolorów, zwłaszcza gdy palce pocierały każdy jasnobrązowy sutek.

„Czujesz napięcie" – powiedziała kobieta nr 7. „Pierwszy raz z czarną kobietą? Lubię być pierwszy. To zaszczyt być twoim pierwszym czarnym Domme . Nie martw się, kochanie, spodoba ci się".

Erika nie odpowiedziała. Nigdy tego nie zrobiła. Ukrywanie głosu było częścią zachowania anonimowości. Po prostu patrzyła na tę potężną kobietę przez maskę, mając nadzieję, że nie zostanie rozpoznana.

Ich spojrzenia spotkały się intensywnie i przez chwilę Erika zastanawiała się, czy ta dominująca czarna kobieta skądś ją rozpoznała. Może publiczne ogłoszenie o jej usługach prawnych?

Kiedy mężczyzna nr 3 podniósł skórzaną chłostę, Erika zwróciła na niego swoją uwagę. Wykonywał ćwiczenia, które wyglądały na choreografię. Była całkiem pewna, że jest ekspertem, za jakiego się podawał. Wyraz nikczemnej radości na jego twarzy sprawił, że Erika uwierzyła, że chłosta będzie bolała. Z rękami związanymi nad głową, ciało Eriki było całkowicie bezbronne.

„Miałem cię na oku" – powiedział mężczyzna nr 3. „Odkąd cię zobaczyłem kilka tygodni temu, chciałem cię wykorzystać w najbrudniejszy z możliwych sposobów. Zobaczmy, czy twój tyłek był wart czekania. Najpierw obrócę cię na bok, żeby wszyscy widzieli, jak biję i plądruję. twój słodki mały dupek".

Erika pozwoliła się obrócić, tak że trójka uczestników ustawiła się w rzędzie. Gdy oczy Eriki skupiły się na pięknej kobiecie przed nią, poczuła miękkie uderzenia chłosty w jej tyłek. Kiedy uderzenia stały się silniejsze, stojąca przed nią kobieta uśmiechnęła się z zachwytu diabelską dyscypliną.

Wkrótce chłosta mocno uderzyła w jej tyłek, powodując, że ciało Eriki zesztywniało i szarpnęło się z płonącej błogości, która pozostała po nim. Erika jęczała i wydawała staccato pomruki, które starała się stłumić.

Kobieta #7 włożyła dwa swoje ciemne palce w zakamarki ust Eriki, jakby testowała jej odruch wymiotny. - Bardzo boli? Lubisz ten rodzaj bólu, łodzianko?

Erika tylko skinęła głową, podczas gdy jej tyłek wciąż był chłostany.

„Dobra dziewczynka. Mam ochotę na te twoje pyszne sutki. Jak tylko weźmie cię za dupę".

Tłum patrzył z szacunkiem, jak mężczyzna wciąż chłoszcze Erikę w tyłek, a czarna kobieta pochyla się, by pocałować ją w usta. Pełne, pulchne usta były gratką dla Eriki. To było wszystko, czym powinien być dobry pocałunek, zwłaszcza gdy ich języki tańczyły razem. Biczownik boleśnie złamał tyłek Eriki, a ona jęknęła desperacko w usta czarnej kobiety. Kiedy Erika otworzyła oczy z obawą, zobaczyła, jak kobieta spogląda do tyłu, oceniając swoją reakcję.

Erika była pewna, że kobiecie podobało się całowanie kogoś, kto jęczał z bólu po surowej chłoście. Kobieta wydawała się być coraz bardziej podniecona bolesnymi wokalizacjami Eriki. Usłyszała za sobą mruczenie mężczyzny z satysfakcją, gdy nadal czerwienił jej tyłek. Była pewna, że miał już ogromnego wzwodu.

Pomiędzy dwiema naładowanymi seksualnie istotami Erika czuła się jak kanał dla dewiacyjnej energii erotycznej. Wpływ na nią był ogromny. Oprócz obezwładniającego zachwytu, jaki czerpała z bólu, świadomość, że dwójka Dominantów się tym podnieca, sprawiła, że poczuła się wyjątkowo uległa.

Chłosta ustała, co mogło oznaczać tylko jedno. Chociaż jej usta wciąż były złączone w namiętnym pocałunku, usłyszała odgłos otwieranej butelki i wyciśnięcia lubrykantu. Mężczyzna dał jej potężny klaps gołą dłonią w tyłek, przez co całe ciało Eriki się kuliło. Agresywnie zaznaczył swoje terytorium, zanim zaczęło się pieprzenie.

Potem Erika poczuła znajome uczucie, że jej policzki są rozsuwane, przez co jej dupa jest odsłonięta. Natychmiast poczuła twardy, pokryty lubrykantem kutas przez jej brązową fałdę, gdy ustawiała się do penetracji.

„Lubię pieprzyć kobietę w dupę w ten sposób", powiedział mężczyzna nr 3, pieszcząc żebra Eriki, zaczynając od jej talii i przesuwając się w górę, w kierunku jej skrępowanych ramion. „To tak, jakbyś był pięknym, nadającym się do pieprzenia kawałkiem mięsa. Zamierzam zrobić to ładnie i ostro, tak jak lubisz".

Jego silny, uspokajający głos sprawił, że Erika była jeszcze bardziej podniecona, gdy sięgnął w dół i wepchnął główkę swojego nawilżonego penisa w jej mały, dobrze wyszkolony odbyt. Erika próbowała wyrwać się z pocałunku, ale kobieta chwyciła ją za boki głowy i nie chciała puścić.

Gdy kutas został fachowo wprowadzony w mały otwór jej tyłka, Erika oddychała ciężko przez nos. Jej oczy rozszerzyły się, czekając na piekący ból, którego się spodziewała. Nastąpiło to dość szybko, a Erika pisnęła w odpowiedzi.

Erika była unieruchomiona między uściskiem, który trzymał na jej biodrach, a uściskami czarnej kobiety, której język nadal rozwiercał jej usta; nie miała innego wyjścia, jak tylko wziąć zaliczkę w tyłek bez poruszania się dla wygody. Nie było przerwy. Mężczyzna był dobrze zorientowany w kątach i punktach załamania. Wjeżdżał, aż jego jądra spoczęły na jej tyłku. Zaciekłość jego ataku była słodką torturą. Nie było wątpliwości, że jej tyłek właśnie należał do niej.

Oczy Eriki rozszerzyły się, gdy wzięła głęboki oddech. Zamiast jęczeć, sapnęła, jakby spragniona powietrza. Czarna kobieta wydawała się zachwycona tym atakiem analnym.

– Moja kolej – powiedziała kobieta nr 7. „Kochanie, takie białe piersi jak twoje są moimi ulubionymi. Wyglądają tak mleczno i kremowo na moich dłoniach. Proszą się o ból, a to moja specjalność ".

Erika spuściła wzrok i zgodziła się; hebanowe palce kobiety nr 7 kontrastowały z jej własnymi, białymi piersiami. Na początku dotyk był miękki i czuły. Następnie czarna kobieta wdrożyła swoją słynną rutynę torturowania sutków i zwróciła język, aby wypełnić obwisłe usta Eriki.

Te czekoladowe paluszki ściskały spód waniliowych piersi Eriki, a potem ugniatały je jak surowe ciasto. Bolało , ale było niczym w porównaniu z bólem jej małego dupka, który był tak brutalnie pieprzony przez mężczyznę. Potem ciemne palce uszczypnęły każdy z brązowych sutków Eriki. Teraz to było bardziej porównywalne do ostrego bólu w jej tyłku. Dwa z jej miejsc przyjemności były teraz zniewolone. Była wdzięczna, że nikt nie torturował jej cipki w tym samym czasie.

Kobieta zaczęła skręcać wrażliwe guzki tak mocno, że twarz Eriki wykrzywiła się w wyjątkowym nieszczęściu. Przez chwilę prawie zapomniała, że jej dupek jest brutalnie atakowany. Prawie... Dźwięk ud mężczyzny uderzających o jej tyłek skierował jej uwagę na jej tyłek. Erika osiągnęła to, co uważała za swój limit bólu. Przerwała namiętny pocałunek, odrzuciła głowę do tyłu i zawyła.

– Wiem, że to boli – szepnęła czarna kobieta, ściskając trochę mocniej. „Ale zaraz poczuję się tak, tak dobrze".

Erika nie mogła zrozumieć, jak ból sutków może kiedykolwiek sprawiać przyjemność. Ale kiedy jej sutki zostały uwolnione, czarna kobieta pochyliła się i z miłością ssała każdy z cycków Eriki , wysyłając lubieżne uczucie wzdłuż jej kręgosłupa. Ta przyjemność, połączona z radosnym atakiem na jej sodomizowany tyłek, doprowadziła Erikę na skraj jej seksualnej poczytalności. Język czarnej kobiety był tak samo kojący jak te pełne usta i razem pracowali, by złagodzić ból sutków.

Ale przyjemność z jej piersi nie trwała długo, ponieważ czarna kobieta okrutnie odsunęła jej usta. Po raz kolejny przekręciła te pokryte śliną sutki, dręczące Erikę dalej, podczas gdy jej tyłek otrzymał odpowiednią orkę.

„Nie sprawię, że będzie to dla ciebie takie przyjemne" – uśmiechnęła się kobieta nr 7. „Chcę, żebyś miał równowagę. Perwersyjne yin i yang. On dostaje tył, a ja przód. Po prostu musisz tam stać i przyjąć to jak dobry okręt podwodny".

#3 zauważył to, położył ręce na ramionach Eriki, żeby ją chwycić, i naprawdę poszedł do miasta na jej dupku. Zaciskała zęby i wydawała piszczące dźwięki, co wprawiło ją w zakłopotanie przed zachwyconą publicznością.

Gigantyczny kutas wpychany i wysuwany z jej maleńkiej dziurki sprawiał, że była tak niestabilna, że ledwo mogła stać. Gdy kolana Eriki osłabły, zaczęła się przewracać, przenosząc większy ciężar na swoje związane nadgarstki. Jej mózg ledwo zarejestrował rozciąganie i naciąganie ramion, które walczyło, by poradzić sobie z ekstremalnymi doznaniami na przeciwległych płaszczyznach ciała.

„Ona się łamie", powiedziała kobieta nr 7, oblizując usta, kontynuując prześladowanie sutków Eriki. „Czas, żebyśmy ją wykończyli".

Mężczyzna nr 3 pozostał nieugięty w dupie Eriki, chrząkając: „Chcę, żeby spuściła się, kiedy ja schodzę".

Instrukcja dla współdominanta była jasna. Czarna kobieta puściła delikatne sutki, szybko je possała dla ulgi, po czym opadła na kolana przed rozłożoną cipką Eriki.

Gdy jej dupek był zniewalany przez dużego kutasa, a jej cipka była lizana przez Boginię, Erikę ogarnęły sprzeczne doznania. Nieprzerwany błysk na jej tyłku został zrównoważony przez delikatne ssanie jej łechtaczki. Od czasu do czasu czarna kobieta używała swoich zębów, by delikatnie gryźć spuchniętą łechtaczkę Eriki, doprowadzając ją do krzyku z zapałem. Ale czarna kobieta nadrobiła to, powoli iz miłością chłpiąc ją później. W rezultacie Erika była wielokrotnie doprowadzana do krawędzi orgazmu, ale jej uwolnienie zostało odrzucone. Czuła się jak wulkan, który zaraz wybuchnie.

Kiedy czarna kobieta klęczała, Erika była w stanie w pełni docenić intensywność, z jaką publiczność wpatrywała się w trójkę. Każdy gość na tej imprezie BDSM wyglądał na całkowicie oczarowanego widokiem Eriki doprowadzonej na skraj seksualnej eksplozji. Była własnością i najwyraźniej była podniecona przez swoją seksualną niewolę. Za tą maską jej tożsamość była bezpieczna. Pozwoliła sobie odpuścić i zagłębić się w najbardziej zboczoną z przyjemności.

Złamała własną zasadę milczenia, w końcu skomląc słowa „O Boże", podczas gdy jej tyłek był zaciekle pieprzony, a jej cipka fachowo zjadana.

Jej słowa tylko dolały oliwy do ognia, doprowadzając mężczyznę nr 3 do zaciśnięcia jej ramion tak mocno, że z pewnością zostałyby siniaki. Choć trudno było w to uwierzyć, Erika zdała sobie sprawę, że się powstrzymywał. Jego pchnięcia stały się gorączkowe i była pewna, że wkrótce wleje swoje nasienie do jej tyłka.

- Mam dla ciebie niezły duży ładunek - mruknął mężczyzna.

Dotrzymał słowa, nadal warczał jej do ucha, ale powstrzymał swój atak. Erika poczuła, jak jej wewnętrzna odbyt pokrywa się kilkoma dużymi strumieniami nasienia. W ciągu kilku chwil kutas zwiotczał i został wyciągnięty z jej odbytu. Tyłek Eriki otworzył się teraz, gdy nagle stał się pusty. Natychmiast zatęskniła za powrotem jego twardego kutasa do jej najbardziej prywatnego przejścia.

- Już za mną tęsknisz? zaszeptał. „Jesteś świetnym pieprzeniem z ciasnym tyłkiem. Warte oczekiwania".

Poklepał ją po pupie, a Erika poczuła, jak sperma kapie z jej dupska. Z zaskoczeniem poczuła, jak jego palce przesuwają się po jej rozluźnionej dziurce i zanurzają się w kremowej wydzielinie. Kiedy palce pokryte spermą zostały włożone do jej ust, była jeszcze bardziej zszokowana. Po chwili wahania Erika wyssała jego palce do czysta. Rozkoszowała się deprawacją chwili, zanim została wyrwana z odrętwienia przez język czarnej kobiety na jej cipce.

Erika spojrzała w dół, w te dzikie brązowe oczy. Namiętna czarna kobieta lizała i głęboko ssała łechtaczkę Eriki. Mężczyzna nr 3 stanął za Eriką i pieścił jej dolną część pleców i tyłek, mając nadzieję, że zobaczy Erikę spuszczającą się do ust kobiety.

– To wszystko – powiedział mężczyzna do Eriki. „Nie wstydź się spermy w jej ustach. Tak się składa, że lubi pić białe kobiety. Zasłużyłaś na ten orgazm, dziwko".

Serce Eriki zabiło mocniej i szepnęła do siebie: „O kurwa".

Gdy czarna kobieta oblizała językiem łechtaczkę Eriki, orgazm w końcu nadszedł w epickiej mierze. Moc, która została uwolniona w jej ciele, spowodowała, że powietrze w jej płucach pękło. Ten orgazm wpłynął nie tylko na mięśnie dna miednicy; całe jej ciało zacisnęło się i skurczyło od eksplozji. Ledwo była w stanie utrzymać się na swoich gumowatych nogach. Cały ciężar jej ciała spoczywał na nadgarstkach, mocno związanych nad głową. W rezultacie jej ramiona zostały naciągnięte w ekstremalny sposób, który w normalnych okolicznościach mógłby być bolesny.

Nie obchodziło jej to. Dyskomfort w jej ramionach był tymczasowy. Ten orgazm był czymś, co zapamiętała na zawsze.

Erika wytrysnęła w usta czarnej kobiety. To była kulminacja całej rozkosznej agonii, której doświadczyła w swoich sutkach i dupie. Naprawdę była dziwką do bólu. To była prawda; wszyscy w pokoju mogli teraz potwierdzić ten fakt.

Potem została bezwładna. Próbując odzyskać kontrolę nad oddechem, próbowała stanąć na własnych nogach. Czarna kobieta uśmiechnęła się, wiedząc, że zadanie zostało wykonane. Mężczyzna pomagał jej utrzymać równowagę, dopóki nie była w stanie się utrzymać.

„Dokładnie tak, jak w reklamie" — powiedział Licytator do publiczności, kiedy Erika została wydana. "Dokładnie tak, jak w reklamie. Dobra robota."

Publiczność biła brawo, gdy Erika walczyła o złapanie oddechu. Dwie Dominantki delikatnie poklepały ją po ramieniu i pośladku. Szeptali do niej rzeczy, których nie była w stanie przetworzyć. Następstwa wydawały się niewyraźne.

Podeszły dwie młode pracownice. Nosiły seksowne, eleganckie maski i były skąpo ubrane w czarne koronkowe sukienki. Erika została uwolniona ze swojej pozycji, kiedy poluzowali linę nad jej głową. Potem rozwiązano jej nadgarstki.

Sperma ściekała po dupsku Eriki, a jej własne płyny kapały z jej cipki. Erika trzymała głowę wysoko, gdy pracownicy delikatnie chwycili ją za ramiona i poprowadzili korytarzem. Publiczność oklaskiwała ją entuzjastycznie, gdy przechodziła przez Walk of Fame. Tego dnia każdy znalazł to, czego szukał. Jednak Erika była pewna, że jej własna satysfakcja jest największa ze wszystkich.

Erika została zabrana do prywatnej sypialni, gdzie personel użył stosu mokrych ręczników do wyszorowania i oczyszczenia każdego centymetra jej ciała. Jedna z kobiet użyła nawet butelki z rozpylaczem, aby wyczyścić wnętrze swojego odbytu. Cały proces trwał kilkanaście minut.

Pracownicy ostrożnie zdjęli jej maskę. Ten sam proces powtórzono z jej twarzą. Nadmiar szminki został wytarty, a włosy upięte w zawodowy kok. Jej garnitur został wyjęty z szafy, gdy stała tam naga.

Licytator wszedł do sypialni i zdjął złotą maskę. Jej wyraz twarzy był ciekawy.

"Jak się czujesz?" — spytała Lea.

- Mój dupek będzie mnie bolał przez kilka następnych dni - odparła sucho Erika. „A moje sutki są jak porażone prądem".

"I?"

Kiedy Lea czekała na odpowiedź na sugestywne pytanie, Erika pozwoliła personelowi ją ubrać; zakłada stanik i majtki, pończochy, a potem szyty na miarę garnitur, co ponownie czyni ją profesjonalistką.

Erika uśmiechnęła się. „Nigdy nie czułam się tak pełna życia. Tak właśnie się czuję, jeśli naprawdę chcesz poznać prawdę".

– Tak myślałam – mruknęła Lea. – Czy nadal jesteśmy umówieni na kolację?

"Zakładasz się."

Kiedy Erika poprawiła swój kostium, Lea posłała buziaka i ponownie założyła złotą maskę. Wróciła do swoich obowiązków na Aukcji. Tymczasem Erika podziękowała personelowi, założyła szpilki i wyszła do biura.

KONIEC

76